파킨슨 환자의 고백

세상이 나에게 준 선물

송인숙

송인숙

1952년 충북 청주에서 출생하였고 한국방송대학 행정학과를 졸업하였다. 청주 청원군 보건소에 근무를 하였고 서울시 공무원으로도 근무하였다. 제1시집 “목련이 피면”을 출간하면서 시인으로 등단하였고 제2시집 “봄 여름 가을 그리고 겨울”을 출판하였고 이제 창작수필집 “세상이 나에게 준 선물”을 세상에 내놓는다.

파킨슨 환자의 고백
세상이 나에게 준 선물

초판1쇄 인쇄 | 2023년 5월 30일
초판1쇄 발행 | 2023년 5월 30일
펴낸곳 | 도서출판 그림책
지은이 | 송인숙
디자인 | 이정순 / 정해경
주 소 | 경기도 수원시 영통구 이의동 웰빙타운로 70
전 화 | 070-4105-8439
E - mail | khbang21@naver.com
표지디자인 | 토마토

파킨슨 환자의 고백

세상이 나에게 준 선물

파킨슨 환자의 고백

고요 속에서 들려오는 나의 외침을 글로 쓰며

파킨슨병에 걸린 환자는
어느 날 이 몸에 누군가 들어와서
몸을 갉아먹고 있다는 생각을 합니다.

의지대로 할 수도 없고
때로는 머릿속에 이상한 사람이 들어와
마음을 흔들고 영혼을 빼가려 합니다.

떨림과 몸의 강직뿐만 아니라
통증의 분야는 넓어져
마음대로 걸을 수도 없고
사랑하는 딸의 애기도
안아볼 수 없습니다.

우리가 볼 수 없는 깊은 세상
넓은 우주 끝 공간으로 고요히 빠져들면
아픔은 사라집니다.

집중이라고 하는 시간에 갇히면 머릿속은 정리되고
온몸에 느꼈던 어린 시절의 적막 속에서
과거를 회상할 수 있는 추억거리를 찾다보면
잠시 그때의 내가 보입니다.

더 건강한 몸으로
더 무언가 하고 싶습니다.

이런 마음으로 그동안 써왔던
수필들을 정리하였고
덧붙이고 싶은 글들을 몇 편 더 썼습니다.

앞으로 내가 살아 있는 동안에
세상이 나에게 준 선물을 고맙게 여기면서
더 건강한 몸으로
더 무언가하고 싶다고 다짐하고 다짐하면서
이 책을 세상에 내놓았습니다.

-송인숙

파킨슨 환자의 고백

세상이 나에게 준 선물

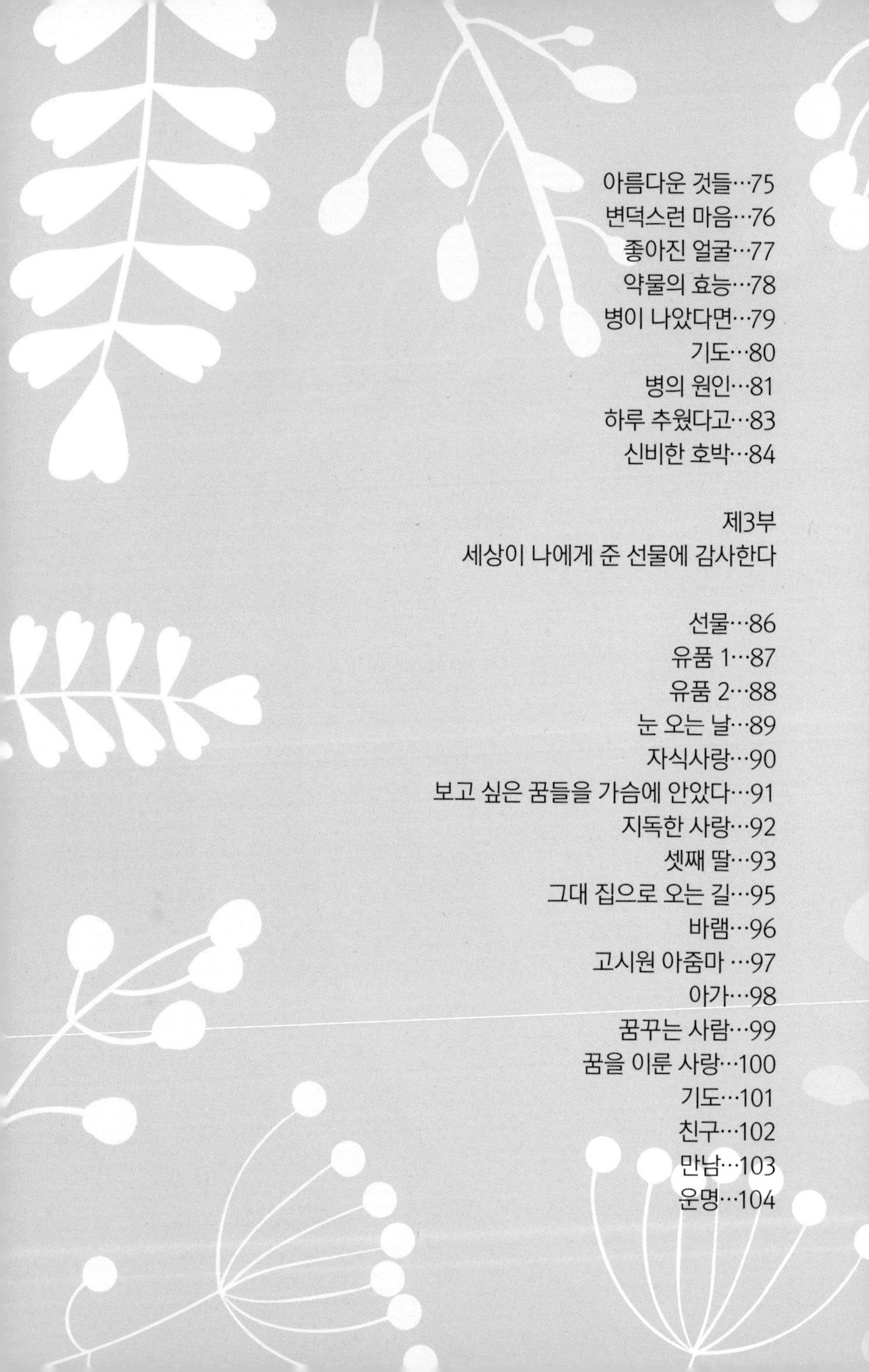

제3부
세상이 나에게 준 선물에 감사한다

제1부

아픔을 노래하다

한밤 중

유난히 한숨이 많은 밤에
잠을 못 이룬다.
눈꺼풀에 잠 붙이다 일어나
여러 권의 시집을
펼쳐 보지만
마음에 들어오는 글이 보이지 않는다.
책을 펴는 방랑자의 세계는
눈보라 몰아치던 그 길을 가고 있다.
찬바람 맞으며 걷던 그 길을
어머니의 길은 무섭고 끝이 없었다.
무작정 달려야 했던
그래야 겨우 살아있다고
부엌 아궁이에 앉아 불을 켰다.
따스한 불기둥이 된
환한 불의 세계는
시름을 털어버리고 살라고 했다.
그립고 느껴보고 싶은 어머니의 길은
생각이란 눈을 가진
희미해지는 기억 속에서
늘 떠날 채비를 하고 있다.

희망

캄캄한 새벽에 일어나서 손가락을 만져본다.
뻣뻣하게 변해버린 나의 손가락들이
부드럽게 움직일 때 희망이 보인다.
이겨낼 수 있다, 내 병이 다 나았다고 생각하면서
오늘 할 일을 그려본다.
무시래기 잎을 젖히자
잎새가 무성해 무 뿌리가 덜 굵어가고 있다.
오늘 장날이니 시장에 가서 장도 보고
속리산에서 단풍 구경도 하고 대추도 사자.
이만큼만 마음대로 살 수 있다면
원망할 세상없다.
즐겁게 희망을 갖고
하고 싶은 일 열심히 하며 살자.

새싹

작년에 울타리에 심은 호박
울타리 가득 메운 호박잎과 호박들.
서리 오기 전 수확한 호박
식탁 밑에 옮겨져 겨울 내내 식탁 위에서 속삭이든
비밀스런 말들 지켜가며 겨울을 지난다.
호박은 봄이 오는 날.
파킨슨병을 앓고 있는 환자의 감기 증세 치료를 위해
호박은 겨우내 잘 버티어 약이 되어준다.
대추, 생강, 말린 도라지를 호박과 함께 다려서 먹으면
글 쓸 때 물결치던 손가락이
병이 생기기 전처럼 종이를 받쳐주고 떨림이 전혀 없다고
생각되면서 또 병이 나았다고 착각하고
호박은 신비스럽게 호박 속에서 콩나물처럼 싹이 나
호박 속에 잔뜩 들어 있었다.
신기하고 귀한 약재임에 틀림없는 것이리라.

희망이 보이는 새벽

가슴을 찌르고 있는 아픈 발가락.
아름다운 세상 사랑하지 못하고
힘들고 보기 민망한 삶을 살 줄 알았는데
파킨슨 환자라고 판명된 지도 벌써 8년.
그동안 거침없이 하고 싶은 의지대로 살아온 날들…
세상 미련 없이 떠나가는 날, 기약하며 살아왔는데
어느덧 인정하며 조심조심 살아가니
그 병을 극복하고 살아가고 있는 불편한 내 몸의 반쪽.
어제까지도 발가락이 아파 걱정했는데
운동을 하고 상큼한 잠자고 난 후 가벼워진 내 몸.
상쾌한 공기만큼
또, 희망과 기쁨이 보이는 하루…

피아노

평생 사랑하고 늘 가까이 두고 싶고
아름다운 선율로 갓 피어난 꽃봉오리의
싱싱한 물오름을 주는 피아노.
파킨슨병으로 손이 떨리고 굳어
건반을 두드려 음을 제대로 낼 수 없어 포기하다가
미련을 버릴 수 없어 다시 손가락 연습을 시작했다.
상상하지 못한 기적이 나타났다.
손가락이 움직여지고 팔이 흔들리는 떨림이 거의 사라졌다.
피아노 앞에 앉아 연습하려면 많은 시간과 노력이 필요하지만
뇌의 활동에 좋은 영향을 끼치는 것은 분명한 것 같다.

기쁨은 어디로 사라졌을까?

갑자기 머리도 가슴도 막혔다.
글이 써지지 않는다.
기쁨이 사라졌다.
하루하루 사는 일상들이 재미가 없다.
왜 마음이 움직여지지 않을까?

반항하고 싶은 날들

나는 병이 없다고 가슴 속으로 소리쳐 본다.
젊은 시절 참았던 일들 하고 싶어 꿈을 꾸어보지만
뻣뻣한 손가락 멍한 머리…
어제는 병을 이길 거라고 병명이 잘못 나온 거라고 생각하면서
약을 먹지 않았다.
아침에 일어나 거뜬한 몸으로 일상을 지내길 원했건만
얼굴은 붓고 머리는 먹먹하다.
잘못된 것이라고 생각은 들지만 더 버텨볼까 하다가
약을 두 알 입안에 넣어 삼켰다.
잔잔한 물결을 일으키고 있는 손가락들의 흔들림.
나를 파킨슨 환자라고 인정해야하는 뜨거운 여름…
방황하고 싶은 날들은 지난날들만 기억하려 한다.

방망이

이불 속 잠자리 옆에 편백나무 방망이를 두고 있다.
잠이 오기 전 그 방망이로 운동한다.
막내 여동생이 갖다 준 방망이…
처음엔 사용처를 모르다가 요새는 기꺼이 쓰고 있다.
다리를 방망이 위에 놓고 굴리면 무릎 아래 근육을 지압하고 문지르는 효과가 있다.
흔히 심장이라고 하는 뒷다리 근육이 딱딱하게 굳어 있고 떨림은 여기서 시작되는 것 같았다.
찌르는 아픔도 참고 문질렀더니 만성통증이 사라지고 떨림이 많이 사라졌다.
아프고 떨렸는데 떨림은 아직 약간 있지만 거의 나아진 모습이다.
그러나 바이올린 레슨 받을 때 선생님 앞에 서면 다리가 떨려 제대로 음을 낼 수 없어 음정도 엉망이고 활을 제대로 움직이지 못하고 왼손 바이브레이션도 못 냈다.
증상이 완화되면 혹시 병이 좋아진 게 아닐까?
그러나 그건 소망사항이고 절대 좋아지지 않았다.
다시 원상태로 돌아간다.
병이 생긴 후 통증과 불편함이 있는 상태로 복귀한다.
그래도 오늘도 이불 속 잠자리 옆에 편백나무 방망이를 두고
운동을 한다.

공포

한밤중에도 잠을 못자고 무엇인가 생각하며 글 쓰려 하는 것은 미래가 무섭기 때문이다.
긍정의 약속된 미래를 바라본다면 서럽진 않으리.
파킨슨 환자들은 두려움 속에서 보장된 미래도 없이 점점 갈수록 악화될 것 같은 불안감에 행복한 삶을 계획 할 수 없다.
망가져가는 몸뚱이…
생각해보면 점점 삶의 의미를 잃어가고 있다.
간혹 우연히 거울을 보면 거울 속의 내가 어깨를 움츠리고 있다.
당당하지 못한 모습은 사진 속의 얼굴을 외면한다.

세상은 아름답고 활기 넘치는 날이 계속 되는데…

지혜

온몸으로 고통이 찾아오는 날.
피하려 해도 소리 없이 오는 봄비처럼 찾아오는 기분 나쁜 손님이다.
차라리 견디기 힘든 진통이라면 잊어버릴 텐데…
눈 감고 사색을 포기한 채 끝없이 펼쳐진 하얀 평원을 그려본다.
편백나무 방망이로 스트레칭을 하면 몸속의 응어리가 방귀로 뿡뿡 품어내는 순간 몸은 가벼워지고 고통이 진정된다.
관절로 이루어진 부분에 강한 스트레칭 주면 서서히 사라지는 고통.
몸을 다스리는 지혜를 좀 더 일찍 생각해 보았더라면 이 정도의 아픔은 오지도 않았을 것이다.
스트레칭은 운동 중에서 가장 중요하고 필요한 운동이다.
활동을 많이 한 날에는 잠자기 전 꼭 편백나무 운동을 해야겠다.

감내하기 어려운 날

가계부를 쓰고 쓴 돈을 조금 정리 했을 뿐인데 머릿속에서 정리가 잘 안 된다. 막막하고 잊어버린 듯한 생각이 들어도 찾을 수 없고 진통이 시작된다. 이럴 때 약이라도 먹고 싶은데 일반 약을 먹으면 약기운과 신경세포가 싸우고 그 증상들이 나를 더 미치게 한다.
아직 왼쪽으로만 온 병, 글씨 쓸 때 찌릿찌릿한 진통과 떨림이 오는 이 병, 얌전히 잘 있을 땐 떨리지 않는다.
일하지 말고 나만 생각한다면 아픔은 안 올까?
어떤 날은 계단과 복도를 청소 해도 아프지 않고 넘어간다.
아들딸, 손자 다 모여 음식을 해주고 환한 웃음 짓고 떠들썩해도 견딜만하다.
그러다가도 어느 날은 힘들다.

알 수 없는 날

변덕스런 날씨처럼 찾아오는 고통.
쾌청했다가도 급격히 찾아오는 먹구름 몰고 오는 알 수 없는 날.
주체할 수 없는 온 몸의 진통은 어떤 일도 할 수 없게 만드는 고통을 가져온다. 그 고통은 어느 곳에서도 아픔의 잠을 자게 한다.
참을 수 없는 아픔의 잠.
어디까지 갈 수 있는지? 몸이 어떻게 굳어 갈지 알 수 없어 불안하지만 계획 없이 대처하다가 정상으로 돌아오는 시간에 내 할일 하리라.
고통이 시작되면 아무것도 할 수 없는 나, 머릿속의 혼돈은 차분하게 살아가는 일상에 파문을 던진다.
피아노 치면 나아질까? 바이올린은 켜면 이겨낼까?
쏟아지는 아픔에 잠을 청한다.
또 다른 알 수 없는 날에는 감기기운처럼 으스스 하기에 뜨거운 물속에 몸을 담근다.

내 몸이 어떻게 변할지 모르는 나는 파킨슨 병 환자. 나에게 맑은 날은 내가 정상으로 돌아오는 날이다.
어쩌다 한 번씩 미쳤던 신경세포들이 원만하게 제 역할을 하면 마음이 편안해지고 또 헛생각하는 병.
아마도 다 나은 것 아닐까? 하지만 이런 허황된 생각도 잠시, 아픔은 다시 시작된다.

나 이제는 병에 순응하리라. 조금 좋아졌다고 약 안 먹고 건방 떨던 행동 집어 던지고 하라고 하는 대로 말 잘 듣고 살리라. 나에게 어떤 세상이 올지는 알 수 없지만 나에게 주어진 고통을 참아가며 하루하루 최선을 다하며 살아가리라.

건강

자연향기 맡으면 건강해질까?
덕암리 숲속 가는 길에 검은 구름 몰려와 후드득 비 뿌리고
깊어가는 가을 문턱에
외로이 바람에 나부끼는 나뭇잎의 속삼임은 가슴을 떨게 한다.
지나가는 바람이 비를 거두어가고
길바닥에 떨어진 도토리는 가을의 풍만함을 알린다.
점점 더 깊고 어두운 숲속
골짜기 흐르는 물에 씻긴 가을
그 숲의 풀 향기는 새콤한 사탕 맛이다.
자연의 냄새는 군침을 돌게 하고
가끔 울어대는 새소리는 숲속 마법의 성을 쌓아놓고 있다.
새가 지키고 있는 숲속 마법의 성에
건강을 지킬 수 있는 약이 있으리라.
답답한 가슴 열어 놓고 배에 힘을 꽉 주고
산 메아리 울리면
품속에 누워있던 풀벌레가 화답한다.
이 세상을 향해 소리 지르는 절규…
욕망에 이끌려 마음껏 살지 못하고
삶의 노예가 된 허탈함은
뱃속에서 토해내며 산 메아리로 돌려보내고
돌아오는 산길은 가볍고 아름답다.

아픔

봄비… 이슬비…
안개 같은 미세먼지 자욱한 하늘에 내려준 봄비.
밤새 내린 비는 바람에 부는 대로 창가에 스쳐
송아지 울음 같은 소리로 내린다.
봄비는 바람이 잠잠해지면
이슬처럼 나뭇가지에 맺혀
방울이 되어 온 세상 비추고 싶어 맑게 빛나네.
자연은 봄비에 아름답게 변화하고
안개 같은 미세먼지로 떠나가지만
어느 날 밀려온 병든 몸은 치유될 기미 없고
세월 따라 더욱 밀려오는 아픔.
세상을 비추는 빗방울처럼
한 번 더 멋진 인생 살고파.

나이 들면

꽃다운 청춘 지칠 줄 모르던 그때,
주위에 있던 모든 것들이 아름답게 보이던 그 시절에
꼭 하고 싶은 일들은 노후에 하려고 남겨두었던 그 때의 추억.
시간은 꿈같이 흘러 간절히 기도하던 꿈도 떠나고 남아있는 건 아픔 뿐… 몸은 굳어가고 머리는 혼돈의 고충이 찾아와 능력이 전혀 보이지 않아도 노력하면서 더 큰 꿈도 꾸어보리라.
머릿속 질서의 파괴로 생겨난 병…
다리와 팔이 굳어가고 아픈데도 고통을 참고 노래 부르리.
피아노와 바이올린을 연주하며 힘 받아 손 운동하면 점점 맑아지는 머리.
동정은 사양하고 꿈만 덜어내는 노년의 하루

귀에서 울음소리 들으며

하루에도 여러 번 귀에서 울음소리 들려
가만히 귀 기울여 본다.
늘 귀 속에서 맴돌고 있는 소리…
몸속에 남아 있는 욕망의 뿌리가
울고 있는 것이라면 욕망을 버리리?
태초에 생명을 주관하는 신을 믿고
거침없이 태어나 일생의 사명을 받았을 때
그때 들렸던 음성 기억한다면
허무하게 흘러간 세월은 없었을 텐데…
실수하며 좌절하며 살아온 지나온 시절,
항상 아쉬워하며 다시는 그러지 말자고 다짐해보는 건
끈기 있게 일을 하다가
무언가 하다가 중단하는 습관이
귀에서 울음소리를 들리게 하는 것 같다.
진정으로 원하는 소리, 가슴속 생명의 근원인
심장에서 솟아오르는 소망의 소리 들을 수 있다면
울음 우는 소리 멈출 수 있을 텐데…

귀에서 우는 소리 들릴 때 사랑의 춤을 추리.
꿈처럼 흘러간 세월에 연연하지 않고
이 세상에 태어난 어린 새 생명들
사랑하며 아파하지 않으리라.

그리움으로 기억하는 지난날의 꿈

몸은 점점 빠져나오지 못하는
진흙 구렁텅이로 다가가지만
아픔을 견디고 떠나고 싶은
이상의 세계.

눈감으면 훨훨 날아오르는
환상의 세계는
어린 시절의 행복한 꿈이어라.

오직 그리움으로 기억하는
지난날의 꿈처럼
파킨슨병의 아픔은 잊혀지고
나를 아껴주는 사람들의
아름다운 사랑이 남기를 기도해본다.

한여름밤의 꿈

중복이 지난 무더운 새벽
숲속 매미와 풀벌레들이 노래한다.

여름밤 고온다습하며 밤잠 못 이루고
새벽 선선한 공기 마시면
마음은 가을날에 도착해있다.

서둘러 보내고 싶은 여름날.
숲속에서 들려오는
오케스트라를 들으며 사색에 잠겨
행복한 시간에 빠져보려
여명에도 깨지 말고 잠들어 있길…

깨지 말고
이 시간이 오래 지속되었으면…

일출과 석양을 볼 수 있는 언덕에

소백산맥 줄기로 뻗어 내린 산들이 담장처럼 쳐져 있는 곳.
새벽안개가 걸쳐 있으면 나지막한 언덕이 보이는 곳.
아침 해를 제일 먼저 보는 곳에 살고 싶다.
그곳에는 아픈 몸을 달래주는 초정 약수가 있는 곳이다.
전국에서 모여들어 지친 몸을 담구는 약수물…
아픈 곳을 낫게 해주기도 한다.
일출과 석양을 볼 수 있는 언덕에 집을 짓고 살고 싶다.
안개가 자주 끼어 늘 전설 같은 이야기가 생각나는 그곳.
어느새 나이 들어 몸과 마음이 아픈 곳 있어 의지하며 살고 싶은 곳.
초정 땅 약수 나오는 곳.

제2부

그래도 기적을 노래한다

어느 날, 불편한 몸

어느 날 어딘가 몸이 아파 한의원에 갔다.
선생님은 내 얼굴을 보고 어딘가 많이 아프니 조심하란다.
다니다가 쓰러지면 큰일 난다고 약을 지어주셨다.
자세히 내 몸을 살펴보니 마음도 떨고 왼쪽 엄지손가락이
아프면서 떨고 있었다.
만지고 문지르고 해도 좋아지지 않았다.
동네병원 내과, 가정의학과, 방사선과에 다니면서
왜 그런지 진찰했으나
뚜렷한 게 없어 신경외과엘 갔다.
그 병원에서 큰 병원에 가라고 했다.
파킨슨병인 것 같다고 말했다.
앞이 캄캄했다.
아이들도 모두 놀라 아들, 며느리가 집에 오겠다 한다.
나는 아니라고 오지 않아도 된다고 했다.
그리고 병원에 예약하여 진찰을 하고
그 병이라는 걸 확인받았다.

어느 날, 불편한 몸이 되었다.

나는 기적이다

나에게 기적이 일어날까?
사랑을 알면서 기적을 믿지 못하는 것은 신의 모독이라는 말이 떠오른다. 사랑도 기적이라지만 현실은 더 없이 가혹하기만 했다. 그래도 틈틈이 내 삶의 메아리를 기록했다. 그동안 방치해 놓았던 글들을 어스름 새벽에 일어나 정리를 했다.
염소 엑기스를 먹어서인지 이 병은 점점 잦아들고, 글을 쓸 때 왼손이 떨리고 아프던 증상이 사라졌다. 잠자다가 손이 부드러워지고 왼쪽 가운데 손가락이 펴진 것 같아 왜 그럴까 생각해보니 오렌지를 하루에 두세 개씩 먹었기 때문이라는 생각이 들었다. 얼마 전에 문홍이가 오렌지 사온 게 있기 때문이라고 생각되었다.
날이 밝았다. 오늘은 내가 관리하는 아파트를 보려고 했는데 못 보고 현 실장네 가서 집만 둘러보았다. 현 실장이 집을 어떻게 하는 것이 현명한 일인지 조금 더 천천히 생각해보기로 했다. 너무 조급하게 결정하다가는 탈이 생기기 때문이다.
그래서 청주에 왔다. 땅을 일구고 나물을 따고 씀바귀를 캤다. 자연의 활동은 즐겁다. 노동이 아니라 여가를 즐기는 것으로 가끔 할 수 있다니 이도 복이다. 저녁 밥상에 나물무침, 두릅을 고추장에 찍어먹으니 저녁노을이 달콤 쌉쌀했다.
새벽, 가방에 넣어온 종이뭉치를 꺼내 그 동안 쓴 글들을 정리했다.
다른 사람들이 봤을 때 마음을 훔치는 시가 아닐지는 모르겠지만 그 시들은 내 영혼의 소리이다. 시어에 나의 영혼이 스며들었다는 것을 남들이 인정하지 않을 수도 있겠지만 내 가족들은 넉넉하게 공감을 하고 이해를 하리라.

가슴속에 고인 언어는 나와 남편, 나와 아이들, 나와 세상 사이에서 우러난 시어들이기 때문이다. 시어를 고루는 작업을 두세 시간을 봐도 정이 가고 사랑스럽다.

삐뚤빼뚤한 시어들이 모든 걸 이겨낸 사랑 같다.

가끔은 게을러지고 싶다

작은 바람에도 떠는 잔가지처럼 바르르 떨린다. 떨리는 게 좀처럼 멈추지를 않는다. 원인불명이다. 이유도 모르겠다.
그래서 더욱 우울하고 서운한 내 마음이다.
입을 열고 싶은 마음도 사라졌다. 모든 게 귀찮다. 아무에게도 알리지 않고, 말없이 청주에 왔다.
남편은 마음을 다잡아, 뭔가를 좀 해보라고 권하지만 만사가 귀찮다. 이럴 땐 한없이 게을러지는 게 정답이다. 남편에게는 일하기 싫으니 이해해 달라 했다.
평소에는 골프 연습장에서 볼이 안 맞아도 끊임없이 볼을 쳤다. 도라도 닦는 것처럼 연습했다. 하지만 오늘은 아니다. 까무러지는 몸을 주체할 수가 없다. 이럴 때는 그냥 두는 게 상책이다.
왜, 의욕이 상실됐는지, 우울한 지는 나도 모르고, 며느리도 모른다.

손가락이 아프다

청주에서 서둘러 서울로 왔다. 손가락이 아프고 변형이 와서 보라매 병원에 예약을 했다. 전문 선생님은 예약이 많다며 6월8일, 오후 2시로 예약을 했다. 6월8일 오후 2시나 되어야 손가락 전문의를 만날 수 있다고 했다. 부지런히 집에 와서 그동안 밀어두었던 송금할 것을 가지고 은행에 가서 처리를 했다. 말일은 돈이 많이 나가는 날이다.
과일 먹고 점심을 안 먹으니 출출했다. 검은깨 인절미 녹여먹고 낮잠을 잤더니 몸이 무겁다. 허전한 마음에 병이 들 것 같다. 이럴 때 정신을 차려야 한다. 그렇지 않으면 며칠 몸져누워야 한다. 이대로 쓰러지면 크게 아플 것 같다.
다음날 아침에 마음을 다잡고 글을 여러 장 썼더니 이제서 왼쪽 손이 조금 진정 된다. 시를 쓸 수 없으면 일기라도 쓰자는 마음으로 일찍 일어나 앉은뱅이책상에 앉았었다. 육신은 마음이 가는대로 흔들린다.
왼손잡이가 왼손을 마음대로 하지 못한다. 제발 강해져라, 오른손은 글을 써도 지장이 없는데 왼손은 찌릿찌릿하고 흔들리니 나의 불쌍한 손아, 사랑한다. 평생 구박받던 왼손잡이 나의 손아! 너를 안타까워하고 사랑한다.

분수를 알자

오월에 강한 햇볕이 내리쬐는 이상기온이 계속되는 초여름.
분수를 모르고 미쳐버린 절기…
날씨도 사람도 상황에 맞는 분수를 알면 좋을텐데…
내가 파킨슨병임을 속이지 않고 말할 수 있는 건 자신감이다. 나에게 쏟아질 무시와 혐오감을 직감하지만 나는 지치지 않는 에너지의 기가 있다. 전보다 더 빛나는 삶을 만끽할 힘, 남들이 감당할 수 없는 일도 하고 어려운 일도 슬기롭게 대처하는 지혜, 그리고 나만이 할 수 있는 나의 일들… 바이올린을 배우고 피아노를 연습하고 새벽에 글 쓰는 일은 약을 먹는 것보다 파킨슨병을 이기는 데 중요한 일이리라 믿는다. 나만의 믿음으로 치유하는 지혜…
머리가 아프고 잠이 와서 악보를 볼 수 없을 때 마음 다스리고 노력하면 다시 집중할 수 있다. 인내하고 또 집중하고 그리고 내 상태를 인정하고 분수를 안다는 것은 무능력한 삶이 아닌 적극적인 삶이다.

이른 아침 다섯 시가 되면 금세 쏟아놓은 마루 위의 햇빛을 보고 찬란한 바람에 감사하며 관악산의 상쾌하고 아름다운 풍경을 즐기며 산책한다.

오오, 아름다운 아침,
나를 이기는 지혜로운 삶,
나를 인정하고 내 분수를 알자.

몸에 이로운 것

나이 들어 온몸이 아픈 건지, 병의 원인이 아프게 하는 건지… 늘 개운하지 않고 아프다고 노래하는 고요한 새벽.

진정으로 몸에 이로운 것이 무엇일까? 운동, 음식, 약, 마사지… 뭐든지 다 필요하다. 초정에 가서 광천수에 몸 담고 사색에 잠기는 것도 따끈한 조약돌에 발 자극하는 것도 나를 의욕적이고 힘찬 적극적인 삶에 빠지게 한다. 할 일이 있어 버스를 타거나 전철을 타고 외출할 때 생기가 돈다. 아픈 걸 잊어버리고 불편한 곳이 있으면 그걸 벗어나려 노력한다. 남들은 일하지 마라 하지만 일을 하고 있는 순간에 건강하다고 믿고 있다.

어느 날 기분이 좋고, 젊은 시절처럼 희망이 보이는 이유에 대해 생각해보면 음식이 아닐까? 오디와 사과와 초석잠을 우유와 광천수에 섞어 갈아 먹었을 때 가장 기분이 좋아지는 것 같았다. 싹 난 호박에 도라지, 자색 하수오, 대추, 생강 넣고 다려서 먹었을 때도 몸이 가볍고 기분이 나쁘지 않았지만 안토시아닌이 풍부한 오디가 나에게 이로운 것은 아닐런지 생각해본다.

– 2017. 4. 15. 새벽

초석잠(草石蠶)은 꿀풀과에 속하는 석잠풀의 뿌리 열매이다. 누에를 닮았다고 하여 누에 잠(蠶)자를 사용한다. 민간 치료제로 이용되는 초석잠은 뇌 기능을 활성화시켜주는 페닐에타노이드 성분, 치매를 예방할 수 있는 콜린 성분이 풍부하게 들어 있어 노인에게 건강식품으로 좋다는 주장이 있다.

왜?

왜? 깊은 잠에 빠지지 못하고 밤마다 헛된 꿈에 빠져 방황할까?
왜? 지난 아픈 시절 잊지 못하고 아파하며 괴로워할까?
그런데 나는 정말 지난 시절에 아파했으며 슬퍼했을까?
생각이 나지 않는다.
점점 멀어져간 추억들은 애달픈 그리움만 남기고 사라진다.
세월이 빨라 아끼고 싶은 일들이 있다.
오래 남겨두고 사랑하고 싶은 일.
포근하고 따스한 잠속에서 그대와 입맞춤하고
새벽이 되면 미련 없이 털어버리는 그런 밤이 되었으면…

눈물을 흘리고 있는 몸

한숨 자고 나면 꼭 새벽에 눈을 뜨고 만다. 잠을 자서 머리가 맑아져 가계부를 정리하고 오늘 할 일을 생각한다. 매일 세시면 잠에서 깨어나고 집 짓는 곳을 매일 한 번씩 가서 확인하기 위해 매일 외출한다. 일요일은 남편의 차를 타고 청주에 가서 청주 집을 대강 정리해주고 골프연습장에 가서 골프 연습을 한다. 그리고 월요일엔 서울에 오고… 고속버스에서 피곤하니까 잠만 자고 전철 안에서도 마을버스에서도 등만 의자에 기대면 잠이 쏟아져 견딜 수 없다.
내 몸은 나를 원망하고 있다. 나는 몸을 떠난 영혼의 나이다. 전생에 무슨 할 일이 많았는지 지금도 할 일이 많다. 일도 해야 하고 영혼을 채울 수 있는 뭔가를 요구하고 있다. 시간이 빠르게 흘러가 밤 10시가 되었을 때 바이올린을 켤 때도 있다. 작은 소리로 이웃에 피해주지 않으려 노력한다. 전자 피아노를 작은 소리로 해놓고 쇼팽의 녹턴(20번)을 치기도 한다. 오전에는 TV도 보고 라디오에 흐르는 클래식 음악을 듣고 있다. 잠을 자고 일어나면 손가락을 만져본다. 마디가 굵어지면서 가슴을 녹이는 통증이 있다. 오늘은 아프지 않다. 이상히 여긴다. 어제 포도를 많이 먹어서일까? 포도에 좋은 성분이 내 몸에 맞았나보다고 생각한다.
손 운동을 하고 나면 몸을 만져주고 속삭인다. 잘 견뎌주어 고맙다고…
그러나 손이 등에 닿는 순간 내 몸에서 물이 흐르는 걸 느낀다. 덥지도 않은데 등 뒤에서 물이 나오고 있다. 땀도 아니다. 몸의 눈물 같다. 꺾인 나무의 물방울 맺힌 듯 흐르고 있는 몸의 눈물…

마사지

마사지를 받으면 통증이 가셔질까 생각되어 마사지 연구소엘 갔다. 맹인 선생님의 손이 야무져 아픈 곳을 콕 집어 마사지해주면 시원하고 통증이 사라진다. 그리고 그 선생님은 하나의 처방을 알려주었다. 약재를 넣고 오래 끓여 물처럼 마시라고 알려주셨다.
강황, 대추, 생강, 우슬… 여자한테 좋은 황기 등등 넣고 약한 불에서 2시간 넘게 끓여 놓고 물처럼 마시라하신다. 머리가 이상하고 아플 때 먹으면 통증이 사라지는 것을 느껴 자주 먹었다.
목에 가래 같은 것이 끼어 기침이 나올 때 오장육부가 뒤집히는 듯한 심한 증상이 있을 때 손발이 더 떨린다. 그런 날에는 마사지를 받으러 간다. 마사지를 받으면 우선 받는 순간은 혈액 순환이 잘되고 통증도 사라져 기분이 좋아진다.
참고 기다리면 좋은 약이 나오리라고 기대하면서 가끔은 마사지도 받고 약초도 끓여먹고 그 날을 기다리며 즐기며 살자고 마음 먹는다.

눈 내린 새벽

세상이 밝은 것 같아 잠이 깼다. 고요한 새벽, 캄캄한 어둠이어야 하는데 환해서 밖을 내다보았다. 밤새 눈이 온 지붕을 하얗게 덮어 밝은 빛이 반사되어 커튼 사이로 스며들고 있다. 이부자리의 따스한 온기가 몸을 무겁게 한다.

꼭대기 동네인 언덕길을 쓸어 미끄러지지 않게 해놓아야 하는데 일어나기 싫다. 염화칼슘이라도 뿌려놓아야 하는데…

조금씩 눈 치우는 소리가 들린다. 삽질하는 소리가 힘 센 장정이 눈을 치우는가보다 하고 느껴진다. 관악산 꼭대기에 착한 사람들이 모여 살아 다행이다. 이 동네에 처음 오는 사람들은 비탈진 길에 놀란다. 눈 오면 어떻게 사느냐고… 그분들이 지금 와본다면 살아갈 수 있는 이유를 알 수 있을 것이다.

파킨슨 증세가 호전된 것 같아 나을 수 있다는 신념이 있었는데 왼손가락들이 물결친다. 나을 병이 아닌가보다…

마음 착하고 힘 좋은 사람이 길을 내준 뒤에 일어나 우리 집 눈을 치웠다. 날씨가 따뜻하며 눈이 오지 않고 비가 여러 번 와서 올해는 눈이 조금 온 것 같아 다행이다. 추워야 할 때 따뜻해서 지구에 기후이상이 있는 것 같아 걱정되지만 집 건축을 마무리 할 때 다행히 따스해서 감사하다.

아픔의 봄을 노래한다

이른 아침에 일어나 어제 마당 밖을 일구다 캔 민들레를 다듬어 씻었다. 소쿠리 가득이다. 말렸다가 약초와 함께 끓여 먹고부터 몸이 덜 아팠다.
파킨슨병은 몸만 떨리는 병이 아니다. 천 가지 증상이 나타난다. 똑같은 증상이 아니고 신경이 안 통할 때마다 이상이 오는 부위가 달라진다. 어깨도 아팠다 목도 아팠다 허리도 몹시 아팠다 다리도 몹시 아팠다가 사라진다. 어느 날은 눈이 발갛게 충혈 되고 아프고 시야가 잘 보이지 않아 걱정될 때도 있었다. 그럴 때마다 생각해보면 약초 끓인 물을 먹지 않으면 통증이 수시로 찾아온다. 통증을 없애기 위해서 처음 약초를 끓여 먹었더니 통증이 사라졌다. 하수오, 강황, 우슬, 대추, 생강, 말린 표고버섯… 가끔은 도라지도 섞고 감초도 넣고 접어서 말린 민들레도 넣고 약한 불에 두 시간 끓여서 먹으면 통증을 느끼지 않고 생활할 수 있다. 느낌인지 그건 모르지만 어쨌든 내 생활은 그 약물 복용으로 그 전과 다름없다.
신랑이 있는 청주에 가서 일도 하고 집에서 청소도 많이 하고 원룸 관리도 하고 바이올린, 피아노도 하는데 옛날처럼 잘할 수 없다. 이 병이 심해서 음정을 제대로 못 찾아 노력을 많이 한다. 많이 듣고 열심히 해서 그냥 저냥 하겠는데 바이브레이션을 넣기 위해 손가락을 흔들면 온몸 전체가 흔들리려 하고 바이올린이 흔들린다. 머리 쓰는 일을 하면 뇌세포가 죽는 걸 막을 수 있을 것 같아 음악도 듣고 악기를 만진다. 아직 기억력에 이상이 없고 가끔 말을 하는데 단어가 잘 떠오르지 않아 애먹는다.
운동은 기본으로 해야 하는데 무리하게 하면 안 좋다고 한다. 지금 나에게 문제 되는 것은 밤잠을 깊게 못 잔다는 것과 수시로 졸립다는 것이다. 시내버스에서도 전철에서도 앉으면 잠이 온다. 잠이 오는 걸 막을 수가 없다. 바이올린을 켤 때 피아노 칠 때 잠이 오면 무조건 자야 한다.
내 병의 고통을 이기기 위하여 나는 따뜻한 걸 무척 좋아한다. 추우면 손발이 떨리고 신경을 썼다고 생각하면 떨린다. 작년에 금방 무슨 일이 있을까 싶어 일본 온천 여행을 갔다 왔다. 따뜻한 물에 몸을 담그면 평안해지고 혈액순환이 잘 돼서 기분도 좋고 병이 다 낫는 것 같다. 그래서 그 전에는 안 갔던 초정 목욕탕에 일주일에 한번 씩 간다. 뜨거운 물에 몸을 담그고 탄산수에 담그면 머리가 맑아짐을 느낀다. 밤에 따끈한 물에 반신욕을 하면 피로도 풀리고 잠자고 이튿날 오전 동안은 정상인처럼 생활할 수 있다. 그래서 겨울에 따뜻한 동남아 지방이 생각나고 그곳에서 생활하고 싶다. 스트레스 덜 받고 일을 적당히 하고 운동을 열심히 한다면 이 병을 이겨낼 수 있을 것 같다.
초석잠이 신경성 질환에 좋다고 해서 작년에 마당에 심었는데 열매가 제법 달렸다. 오늘 마당을 정리하고 초석잠을 심었다. 그리고 산에 가서 달래를 캤다. 너무 고요해서 바스락 거리는 소리 나면 놀래서 쳐다보고 무섭다는 느낌이 들었다. 남편이 옆에 있는데도 마음이 많이 약해졌다. 달래의 향긋한 내음이 감미롭다.

꽃은 날씨가 갑자기 더워 만발했다. 개나리, 진달래, 복숭아, 자두, 벚꽃, 박태기꽃, 튤립… 꽃은 만발해도 나에게는 아픔의 봄이다.

어둠에 핀 꽃

어스므레한 밤의 기운이 깔린 초저녁.
잠시 스치는 강한 바람결에 꽃들은 군무를 춤추고 있다.
하얀 철쭉꽃이 무성한 긴 가지 위에서
바람 부는 대로 흔들리는 것은 신선한 놀램이다.
활짝 피어 속마음 바람에 맡기는 꽃들의 거대한 물결은 바다의 파도이다.
황홀하고 신비로운 아름다움이었다.
부드러운 하얀 꽃이 보드라운 봄바람에 꽃잎이 파르르 떨 때
미세한 움직임으로 빛나는 것은 한없이 깨끗한 흰색의 청순함 때문이다.
파킨슨병에 걸려 흔들리는 근육의 떨림도
하얀 꽃처럼 아름답게 피는 날 영혼 가득 기다리네.
몸은 떨고 있어도 당당히 서 있는 모습을…

아버지

아버지, 제가 아버지 많이 사랑한다는 것 알지요.
아버지, 제가 아버지 늘 믿고 의지하는 것 알지요.
아버지, 제가 무슨 일 있으면 기도하는 것 알지요.
아버지가 여러 자손 두고 일찍 떠나셨어도 원망 안했어요.
어려서부터 시험 볼 때 아버지한테 소원 빌었어요.
공부 잘하게 해달라고요.
제가 늘 아버지하고 대화한 것 아시지요.
뭐든지 어려운 일 있 때마다 잘되게 해달라고요.
아버지는 모든 소원 다 들어주셨어요.
늘 저를 잘 인도하셨고 수없이 마음속으로 대화하고 빌었어요.
일이 잘못될 때는 아버지하고 대화 안 해서 그런가보다 하고 다시 또 빌었어요.
아버지 그런데 자꾸만 기억이 희미해져요.
아버지한테 대화도 못하고 소원도 빌지 못해요.
내가 꼭 하고 싶은 일을 아버지한테 말해 소원 빌어야 하는데 자꾸만 생각도 안 나고 잊어버리곤 해요.
소원 빌면 다 들어주시는데 아버지도 힘들까봐 못하고 있어요.
제가 파킨슨병에 걸려 있는데 그 병 낫게 해달라고 못 빌겠어요.
무섭고 두려우니까요.
치료약이 없어 고칠 수 없다는데 저는 완치 됐다고 생각하며 살아요.
그 병 증세가 다시 심해져도요.
그래서 병에 대해 말을 못하겠어요.
아버지 제가 아버지와 대화하는 것 믿고 따르는 것 알지요?

사랑

천년을 두고 갚아도 못 갚을 사랑.
사랑이 무엇이냐고 말한다면 사랑은 단순한 키스나 포옹이 아닌 마음의 사랑이다. 손자들한테 연속적으로 쏟아 붓는 그런 사랑이 아니고 남편과 나누는 잠자리에서나 생활하는데서 일부 느끼는 그런 사랑이 아니다. 나는 지금 혼자인데 사랑하는 기운이 방 안 가득 몰려와 나를 감싸 안고 포근하게 해주는 사랑이 있다.
파킨슨병을 앓으면서 나는 늘 병이 아니라 부정하다가 증상이 심하면 긍정하면서 잠깐이라고 생각한다. 증상이 완화되는 날 나는 병이 다 나았다고 생각한다. 기적으로 쾌유되었다고 생각한다. 그건 천년을 두고도 못 갚을 사랑 때문이었다.
병리상 기적이란 쉽게 일어나지 않는다. 내 몸을 감싸고 있는 따뜻한 기운이 나를 도와주고 있다. 그것은 나를 사랑해주는 사람의 기운이다. 꼭 나을 수 있다는 신념은 나를 감싸고 있는 그분의 사랑 때문이리라. 기적은 내가 만들어 낸 게 아니고 그분이 만들어주고 내 마음이 그 사랑을 느끼고 있다.
잊고 있었던 그 분의 사랑, 평생 영원한 영혼을 위해 의미 있는 삶을 살아가신 그런 사랑을 줄 수 있는 분은 진심으로 자기 일생을 빛나게 생활한 분이다. 그 사랑을 닮고 싶다. 남들이 칭송했던 착한 분, 늘 책을 끼고 살아오며 진리를 실천한 분, 나는 그 분의 사랑으로 쾌유하리라.
생명을 주신 아버지, 평생을 포기하지 않고 새로운 삶을 향해 나아갈 수 있는 용기를 물려주신 아버지. 오늘 다시 어버지의 깊은 사랑을 생각해 본다.

새벽에 일어나서

요 사이 글을 쓰려 해도 글이 머리에 떠오르지 않아 쓸 수 없다. 다섯 시에 일어났는데 머리에 통증이 온다. 머리가 아프고 맑은 생각을 할 수 없어 글을 쓰려하면 졸음이 오고 무얼 생각하려해도 머릿속에서 정리가 되지 않고 머리가 아프다.

산책을 하면 머리가 맑아지지 않을까? 그래서 일찍 나섰다. 강력범죄가 나온 이후 산에 가기가 무서워 요사이 산에 가질 않았다. 모자를 꾹 눌러쓰고, 낯선 사내 만나면 더욱더 모자를 꽉 눌러쓰고 시선이 마주치지 않게 사람이 마주칠 때 고개를 수그린다.

산책 코스는 작년에 했던 코스였다. 파킨슨환자는 운동을 많이 하라고 하는데 내가 경험해본 바로는 평지를 빠르게 걷는 것이 가장 좋은 것 같다. 산에 오를 때 험한 산길을 가면 마음도 불안하고 몸도 혈액순환이 안 되는지 안 좋은 쪽이 더 아프다.

올 들어 산에 가는 것을 중지하고 동네 길을 걷고 골프 연습을 했다. 남편 따라 연습장에 가서 열심히 했다. 오늘 산에 가서 맑은 공기를 많이 쐬고 왔는데 글씨 쓸 때 왼손이 유난히 흔들린다. 흔들릴 때 손을 꼭 쥐고 손이 더 흔들리지 않고 힘을 주고 있으면 나아진다.

몸이 덜 흔들리게 하는 법은 자세를 번듯하게 하면 떨림이 덜 온다.

뇌에 자극을 주는 새로운 곳에 여행하고 싶은데 갈 시간이 없다. 막내가 또 임신을 해서 입덧한다고 자꾸만 나한테 와서 있길 원한다. 어제와 오늘, 이틀 밤을 딸은 친정에 와서 보냈다. 준영이는 넓은 거실을 뛰어다니며 혼자 지껄이고 웃고 일인 연극을 한다.

처음에는 흔들리더니 잘 뛰어져서 신이 났는지 18개월 된 아기의 발자국 소리가 제법 쿵쿵거린다. 내일은 채홍이가 오기로 했다. 밑에 사는 학생들 때문에 손자가 오는 것도 부담스럽다. 아가들은 장난감도 우르르 쏟아버리고 뛰어다니고 해서 와서 있으면 전쟁이다.
그래도 아가 살결의 부드러움과 상냥함 때문에 아기가 와서 있으면 웃음꽃이 늘 피어난다.

나를 알고 있는 사람들이

작년 여름 무더위 날, 위해에서 골프 치던 날
동반자 마음을 답답하게 했던 일에 대해 이제 말할 수 있다.
파킨슨병에 걸려 왼쪽 몸이 아프고 의지대로 들어가지 않아 연습도 못했기에 볼이 제대로 나가지 않았다. 그대들이 카트 타고 가자고 했지만 굳이 걸어서 간 것은 눈물이 쏟아져 나와서 혼자 울고 싶었기 때문이었다. 나에 대한 원망이 가득 차 슬픔에 휩싸였다. 아무도 안 보이는 곳에서 눈물을 쏟았다.
일 년의 시간이 지나니 내 마음에서 삭일 수 있다. 그대들이 참아준 시간, 고맙고 미안하다. 골프를 중단할까 생각했지만 열심히 해서 근육이 생기면 떨림을 덜 느낄 수 있다 하여 연습하고 필드에 나가니 공은 제법 잘 나갔다.
오늘 새벽잠에서 깨니 왜 그런지 정상인처럼 느껴진다. 작년에 느꼈던 입안의 쓴 맛, 그 병의 냄새가 사라져 몸이 가볍다.
나는 늘 생각했다. 파킨슨병은 나았다고…
오늘은 오디와 시큼한 살구를 더 많이 먹어야겠다. 이런 글을 쓰는 것은 병을 이길 수 있는 뇌를 건강하게 지키는 방법 중 하나이다.
나를 알고 있는 사람들이 이해해주었으면 좋겠다.

행복한 밤

검고 조용한 밤에 글을 쓰는 나는 행복하다.
날씨가 너무 무더워 선풍기 바람에 의지하지만 살맛나는 세상을 노래하고 아픔을 노래할 수 있기 때문이다.
파킨슨병이라는 진단을 받던 날, 서러워 엉엉 울던 그날의 느낌이 잊어버릴 수 없다. 가끔 약을 먹는 것도 잊어버리고 열심히 하루의 일과를 마무리 하지만 요만큼 이렇게 사는 것도 행복이다.
병의 큰 진전 없이 8년이 지났다. 때론 걷는 것이 불편하고 골프 칠 때 왼손의 마비가 올 때 갈 길을 잃고 헤매지만 흔들리는 손을 억제하고 글을 쓰는 나는 행복하다.

가슴이 벅차
잠도 못자고 글을 쓰면서
자신감이 생겨
이대로가 좋다.

나의 생활

가만히 누워 정리되지 않는 머릿속을 생각한다. 머릿속의 생각들… 머리는 아프고 어지러운 해야 할 일들… 꿈처럼 말 타고 달리고 있는 과거와 미래들…

머리는 지끈거리고 왼손의 근육은 실룩거리며 수없이 작은 파동을 칠 때는 지혜를 짜내며 글 쓸 때이다. 편히 살고 싶다면 안하면 그만이다. 그러나 힘들지만 글을 쓸 때 행복하다. 어려서부터 책 읽고 글 쓰기 좋아했던 나는 밤을 지새우며 상상의 나래를 펴곤 했다.

그러나 잠자리에서 잠인지 꿈인지 몸부림칠 때… 그 순간이 싫어져 상상의 나래를 접었다. 그리고 순간마다 열심히 성실히 사는 정열적인 삶을 택했다. 일하고 음악 듣고 책 보고 피아노 치고 글도 쓰고 행복은 계속되었다. 이런 행복은 동생이 항암 투병을 시작하면서 나에게 좌절이 시작되었다.

꿈은 꾸지 않으리. 글도 쓰지 않고 음악 공부도 포기하고 오직 돈이나 모아 잘 살아보기로 생각했다. 공부하는 것보다 재산 늘리는 것이 나에게는 쉬운 일이었고 한가한 시간이면 인터넷 게임에 빠져 즐기고 있었을 때 손이 떨리기 시작했다. 나는 파킨슨병에 걸린 것이다. 좌절해서 울기도 했고 혼자 집에서 조용히 있었을 때 갑자기 나도 아무 생각 없이 죽고 싶다는 생각도 해보았다.

이런 슬픈 생각에 빠져있는 것도 잠시 금방 생각을 바꿔 먹었다.

나의 생활에는 세상이 나에게 준 선물이 너무 많았다.

행복도 있지만 슬픔도 세상이 나에게 준 선물로 받아들이려고 마음을 돌려먹었다.

카페의 커피 한 잔

손님과 마주 앉아 플라스틱의 커다란 컵에 커피 향기.
그윽한 빨대를 빨며 심각한 얘기를 나누다 보면
카페의 분위기는 커피 먹는 입술이다.
분위기 취하고 싶어 온 것이 아니라
가슴 아픈 사업 얘기나 나를 음해하는 듯한 얘기 듣고 있으면
심장 끝을 찌르는 아픔이 온몸을 떨리게 한다.
지금 지어진 집이 가분할선에서 20cm 나왔다는 말을 들으며
7평의 땅을 길로 내주면서도 잘못되었다는 말을 들을 때 기절하고 싶었다. 업자를 소개한 사람과 감리사 등등… 그들의 모임은 내 가슴을 찌르고 심장에 박힌다.
꼭 이래야만 했을까? 집짓기가 이렇게 어렵다면 누가 지으려한단 말인가? 아직은 처리할 시간이 많다. 거액을 들여 지어 놓은 집이 법에 어긋나 들어가 살지 못한다면 건축법은 누구를 위한 법인가? 법이란 사람을 잘 살게 하기 위한 법이 아닐까? 남의 땅도 아닌 내 땅에 길로 내 준 땅이 업자의 착오로 집이 완성되기 전에 기부채납 했더라면 문제없었을 텐데 뒤늦게 집이 완성된 후 하다 보니 착오가 생겼다.
악법도 법이라 했는데 법은 누구를 위해서 있는 것일까? 평생 모은 돈을 쏟아 부은 집인데 살 수 없다면 누가 책임질 것인가?
시간은 흐른다. 긴장한 나의 손발 모두 잔물결 친다.
파킨슨 환자라 스트레스 끊어야 할 텐데…
이 일이 끝나면 쉬고 싶다.
카페의 커피 한 잔도 내게 작은 위로가 되지 못 한다.

즐거운 날 문화센터 가는 날

아침에 일어나 오늘 할 일을 생각한다. 창문 열고 하늘 보니 온통 구름으로 덮은 하늘이라 비 올까 걱정이다. 점점 밝아져도 해는 구름에 가리어 비가 올듯 하다.
마음이 조금 어두워진다. 세탁기에 여름 깔개를 빨고나서 약초도 다졌다. 우슬, 하수오, 생강, 대추, 강황, 민들레, 계피 조금, 벌 나무, 초석잠 등등 넣고 물을 두 시간 이상 끓이고 보라매로 향했다.
바이올린 스즈키 6권 중 거의 다 나갔다. 작년 3월에 바이올린과 노래하는 수업이 있어 등록을 했다. 작년 3월에 팩트검사(동위원소) 하고 확실하게 파킨슨 환자라고 판명을 완전히 받았을 때 울고 또 울었다. 그래도 병의 진척을 막기 위해 약을 먹고 열심히 관악산으로 운동하러 다녔다.
바이올린 공부 더 하고 싶어 보라매 문화센터 택해서 처음 오던 날. 그동안 놓았던 바이올린을 켜는데 손도 떨리고 했지만 배우던 것도 4월부터 시작하는데 짧은 시간의 레슨을 무난하게 마쳤다. 나는 기초가 부족하여 손가락으로 줄을 누를 때 떼고 붙이는 것도 제대로 못했고 다리도 흔들리고 손도 흔들려 제대로 음을 낼 수가 없었다. 남들이 흉보든 말든 시간 있을 때 10분이라도 연습을 해서 선생님 지도에 충실히 따라갔다.
그랬더니 어느 날 부터인가 줄을 잘 그어서 소리도 아름다워지고 원래 음에 가까운 음을 내려고 한다.
평생 피아노 공부했다. 꾸준히 하질 않아서 그렇지 돈과 시간과 마음만 있으면 피아노 앞에서 연습하고 레슨 다니고 음악 듣고 시 쓰고…
모든 걸 일과처럼 하면서 살았다.

누가 시켜서 하는 건 아니고 그러는 생활이 좋아서다. 어렸을 적 아버지는 농사를 지으시면서도 글을 읽고 책을 가까이 하시면서 시도 읊으시고 한시 습작하시는 모습을 보고 자란 것이 나도 모르게 따라간 건지, 아니면 아버지의 유전 인자 때문인지 모른다.
이 글을 쓰는데도 왼쪽 손가락들이 잔물결 친다. 어떻게 파킨슨병이 다 나았다고 말할 수 있을까? 오늘도 약을 안 먹었다. 졸리고 멍한 기분이 싫어 약차 다린 물만 마시고 나갔다.
오늘은 바이올린 줄에서 높은 시라시를 소리 내는 음을 배웠다. 왼손을 바이올린 본체 가운데 누르고 내는 몸을 상상도 할 수 없이 손이 굽어있었다. 그런데 지금은 잡을 수 있다. 피아노도 연습을 조금씩 했더니 쇼팽의 즉흥환상곡도 칠 수 있었다. 정말 잊어버렸던 곡들을 찾아 가고 있다.
성취감에 행복감과 나 자신의 사랑스러움이 넘쳐나고 자꾸만 글을 쓰고 싶다. 바이올린 한 시간 연습이 끝나면 노래 교실로 간다. 파킨슨 환자에게 노래는 좋은 것 같다. 처음 노래 교실 오는 날 내 얼굴은 산모 얼굴마냥 부슥부슥 부어있었다. 소리를 내면 기침이 나와 낼 수도 없었다. 하지만 열심히 따라했다. 배에다 힘을 주고 여럿이 부르는 노래라 다소 목소리가 안 나와도 소리 지르다 보면 노래를 할 수 있었다. 지금은 당당하게 할 수 있다.
노래 부르는 동안 손가락은 떨려도 창피하지도 않다. 파킨슨 환자라는 걸 밝혀야 하는데 창피해서 말할 수 없다. 몇몇 옆에 있는 사람들한테 말했다. 자존심 상하지만 행동이 굼떠서 오해가 있을까봐 이해를 바라는 차원에서 말했다.
지금 내 머리는 흰 머리가 많이 나와 보기 흉하다. 파마기도 많이 풀려 초라해 보이지만 스스로 참고 있다. 염색도 안 하고 파마도 안 하려 했다. 그 약기운들이 파킨슨병을 가져온 건 아닐까? 의심스러워 안 하고 하얀 머리로 다녀볼 것이다.
몇몇 회원들과 수다를 떨고 얘기하다가 집으로 와서 302호 도배를 하였다. 방에서 고양이를 키워 냄새가 많이 난다. 하얀색으로 도배를 했더니 환하다. 앞집에서 핸드폰에 저장돼있는 피아노와 바이올린을 틀어주면서 내 자랑을 하는데 숨겨온 병의 증세가 막 물결쳤다. 그래도 내가 연주하는 모습을 보여주었다. 긴장되고 설레는 순간이었다.
방에 돌아와 정리를 좀 하고 바이올린과 전자 피아노 음을 작게 해놓고 연습한다. 남들이 시끄럽다 하지 않을 정도의 음을 내고 연습을 한다.

즐거운 시간이다.
TV도 보고
글도 쓰면서
오늘 일을 마감하고 잠을 청한다.

오늘 하루가 너무나 귀중하다는 것을

약을 잘 먹어서인지 운동을 열심히 해서인지 얌전해진 몸을 보면서 잠시 건강하다고 생각했지만 또 증세가 나타나 신경의 변화를 보면 실망에 빠진다.
파킨슨병 진단을 받고 운동을 열심히 하면 이 병을 극복할까 싶어 관악산에 혼자 올라가 두 시간 동안 자주 산책을 한다. 주변 경관도 보고 서울 시내 바라보는 즐거움도 잊어 불편했지만 병을 이겨내고 싶어 곧잘 오르내렸다.
몇 번 넘어졌다. 젊은 청춘 아니고 나이 들은 데다 근육이 마음대로 움직이지 않는 이 몸은 평탄한 길을 걷는 것이 좋은 것 같다는 생각이 든 후로 산에는 거의 가지 않는다.
글씨를 쓰려면 흔들리는 왼손 억지로 한 곳에 묶어보려 하지만 제멋대로 움직이는 나의 손. 몇 번이고 마음은 흔들리지 않고 뜻대로 살아보려 하지만 통증이 몰려오는 순간마다 생각해본다.

오늘 하루가
너무나 귀중하다는 것을…

뇌를 깨우치게 하는 음악 소리

2014년에 파킨슨병이라는 걸 알았으니 금방 이 병에 걸리면 죽을 줄 알았는데 8년이 되어간다. 병원에서 약이 바뀌었다. 선생님께서 10년을 같이 가자고 말씀하셨던 말 기억하고 있다. 몸 여기 저기 아프다 하니까 선생님은 들은 체도 안하신다. 이 병은 아픈 병이 아니라고 하신다. 약 바뀐 첫날, 모르고 떨림을 자제하는 약을 먹지 않아 마음까지 떨리는 것 같았다.

문화센터 가는 날인데 마음이 떨리는 듯 떨림이 심해 아침에 푸른색 약 1정 먹고 문화센터에서 바이올린 레슨 시간에 음이 안 맞는다고 걱정이 들었다. 바이올린에 소질이 없어도 그 음을 찾으려고 노력하고 싶다. 피아노 소리가 훨씬 아름답지만 많은 시간을 들여 노력하고 복습을 해야 웅장한 그 곡을 소화해낼 수 있어 피아노를 많은 시간 들여 연습할 수 없다. 지금의 처지로서는 바이올린 소리 하나하나 익혀 나가 간단히 연주하는 실력을 익히고 싶다.

바이올린 끝나고 노래 부르는 시간으로 참여한다. 노래를 거의 부르지 않아 옛날에 즐겨 부르던 노래도 못하지만 배에 힘을 주고 목청 돋워 노래하면 목이 아프다.

파킨슨 진단 받고 무엇을 할까 생각하다가 어릴 때 잘하던 노래 부르기와 배우고 싶었던 바이올린을 선택했다. 피아노는 고전파 음악가의 소나타 책을 거의 레슨 받은 것 같아 악보를 보면 이해하기 쉽다. 그래서 나는 노래 부르기와 바이올린 반을 선택하여 일주일에 한 번 나와 배우고 연습하는 일이 재미있고 파킨슨병을 일으키는 뇌의 작용에도 좋은 것 같다. 뇌를 깨우치게 하는 음악 소리라 생각한다.

착각

낮잠을 자면 밤에 잠이 잘 안 와 밤을 설치는 경우가 있다. 잠을 푹 자고 새벽에 일어나 하루 일과를 생각할 때 멀쩡해진 모습을 보면 나는 혹시 파킨슨병이 다 나은 것은 아닐까 생각한다.
정상인처럼 가뿐하게 몸을 움직이고 있는 나… 그러다가도 몇 시간이 흐른 후 한꺼번에 몰려오는 피로와 머릿속의 텅 빈 공간! 더 일을 할 수 없고 잠을 자야만 하는 순간들이 온다. 그럴 때는 잠깐 서 있는 것도 힘들고 생각을 할 수도 없는 어려운 시간들이다.
병원 선생님은 아프다고 말해도 인정해주지 않으면서 벌써 아프다고 하면 안 된다고 하신다. 조금만 덜 아프면 다 나았다고 착각하고 즐거워하다가 또 얼마나 시간이 흘렀을까 한꺼번에 몰려오는 피로와 머릿속의 텅 빈 공간이 벌레가 움직이는 것 같은 순간이 오면 일을 더 할 수 없고 잠을 자야만 한다. 착각 속에서 즐거워하다가 제정신이 들면 실망하는 생활을 매일 반복한다.
이 병을 알기 전에 첫 증상은 환상이 따라다녔다. 옥상에서 일을 하고 있는데 옆에 누가 서 있는 기분이 들어 무서웠으며 잠자리에서 누가 쳐다보고 있는 것 같아 무서워 잠 이루기가 불편하였다. 지금은 환상의 정도가 좀 나아졌다. 병을 극복했다고 착각하는 순간 약을 규칙적으로 먹지 않으면 병은 악화되고 후에는 실망할 수 있는 지경에 이른다면 그때 후회해봐야 소용없다. 이 병은 완치할 수 없는 병이고 증세가 조금 호전되었다고 병이 나았다고 착각하지 말자.
흔들리는 근육 때문에 여러 사람 앞에서 당당해질 수 없지만 정상인과 같다고 착각할 때는 당당해지자. 잠시 동안이라도…

행복

동생이 대장암 말기에 항암제를 맞으며 힘들어할 때 나도 힘들었다. 동생의 진단이 나오고 서울대 병원에 입원하던 날, 나의 눈에서 하염없는 눈물과 통곡의 한이 쏟아져 내렸다. 동생의 머리가 훤히 보여 생존 가망이 없을 것 같은 느낌은 절망과 슬픔의 언덕에 나를 세워놓고 울게 하는 것 같았다.
유명한 선생님이 성의껏 수술해주시고 모든 분들이 정성을 다해 치료를 위해 애썼건만 동생은 처음 진단 결과처럼 암이라는 걸 알고서 1년 6개월 만에 한 많은 세상을 등지고 말았다. 욕심과 의지와 힘이 강한 언니 밑에서 태어나 소신껏 의지도 펴보지 못하고 가난한 집으로 시집을 가 아들 둘 낳고 이제 아파트도 사고 살만하니까 떠나갔다. 동생의 죽음은 큰 충격이었고 10년 동안 내 가슴을 아프게 했다. 그동안 흘린 눈물이 많아 이젠 눈물이 안 나겠지? 하지만 눈엔 눈물이 많다.
동생은 떠나갔어도 동생 남편은 여전히 하고 싶은 일 해가며 살고 큰 아들은 결혼하여 딸 하나 낳았고 둘째 아들은 박사학위 취득해 정부기관 연구원으로 근무하여 한 박사 학위자와 결혼할 예정이다. 모든 건 짜여진 각본대로 잘 가고 있었지만 동생이 아팠을 때 나는 정신적인 고통이 심했다. 이러다 나도 심한 병에 걸릴 것 같은 우울증이 엄습할 때 남편은 골프채를 사와 연습장에 두 번 데려가고는 강원도 파쓰리(PAR3) 골프장에 데리고 가 골프를 가르쳤다. 하고 싶지 않은 운동을 남편이 시키는 대로 하기 때문에 의욕도 없고 챙길 줄도 몰라 남편이 해주는 대로 몸만 따라가니 실력은 늘지 않았고 운동한다고 스트레스만 쌓여갔다.

10년 가까이 그런 맘으로 다니니 실력은 늘지 않았다. 실력이 늘지 않아 당장 그만두고 싶지만 넓은 잔디의 푸르름과 앞이 탁 트인 골프장의 볼 굴러가는 모습은 매력적이었고 넓은 골프장에 오면 마음이 후련해지고 고민거리가 날아가는 것 같아 그만둘 수가 없었다.
그 매력으로 집에서도 빈손으로 골프 연습을 하고 영상을 보면서 상상하고 관심을 가졌더니 실력이 좋아진 어느 날, 공이 잘 안 맞았다. 미세한 신경의 흐름이 막혀 볼을 맞출 수 없어 볼은 나가지 않았다. 이후 나는 파킨슨씨병을 앓고 있는 걸 알게 되어 병원에 가서 진단을 받았다.
골프 친구들이랑 공치던 날, 공이 안 맞아 너무 속상하던 날 나는 카트도 안타고 걸어가면서 친구들 몰래 엉엉 울었다. 그리고 얼마 지난 후 난 결심했다. 골프 운동 연습을 열심히 하기로 결정하고 연습장에서 집에서도 정신을 집중하여 노력했더니 정말 실력이 늘었다. 그 전보다 볼이 정확하게 멀리 날아가 동반자들한테 지지 않으니 이제 힘도 생기고 공이 잘 맞으면 알지 못할 행복감이 생겼다. 동반자만큼 실력이 늘었을 때 자신감도 생기고 마음 속 가슴 깊이 스며드는 행복! 뜻이 있고 정성과 각오만 있다면 그 무엇이든 할 수 있다는 자신감이 만족한 행복을 가져다 주었고 파킨슨병을 이기는 데도 도움이 된다.
열심히 연습하다 보면 팔의 근육량이 늘어나 팔의 떨림이 와도 강한 근육이 잡아줄 수 있다고 생각한다. 근육량을 키워 웬만한 아픔은 극복하고 하고 싶은 일 열심히 하니 아직은 마음먹은 대로 환자가 아닌 사람처럼 일도 하고 취미생활도 하고 최선을 다해 잘 살고 있다.
언제까지 가능할지 모르지만…

점 하나

선은 점들의 집합체로 이루어진 선. 일상생활에서 가장 중요시되고 있는 것은 시점이다. 점 하나가 이어져 선이 되었듯이 우리의 생활도 작은 기점 하나가 동기를 유발하고 새로운 삶을 갖게 한다.
나에게는 파킨슨병이라는 골치 아픈 병명의 아픔이 나의 모든 것을 가져가려 했다. 수없이 옮겨가면서 이어지는 통증은 견디기 힘들었다. 특히 머릿속으로 견디기 힘든 고통이 밀려올 때 꼭 내 정신이 아닌 머릿속의 답답하고 미칠 것 같은 증상은 진정하려 해도 안 되고 책을 아예 볼 수도 없는 상황이 가끔 몰려올 때 지치고 답답하고 앞날이 무서워진다. 파킨슨병에 걸려 모든 일이 자신감 떨어지고 포기하고 싶어졌을 때 작은 점 하나가 가슴 속에서 움텄다.
용기를 갖고 굴복하지 말자. 이겨보자 내가 할 수 있는 것 작은 것부터 시작하자. 어려서부터 즐겨했던 일 다시 찾은 기점이 소용돌이치며 점점 크게 다가왔다. 음악을 좋아했으니 악기를 다시 시작하자. 다시 음악 공부 처음 시작하던 날, 음이 맞지 않아 선생님을 실망시킨 일도 있고 너무 힘들었다. 꾸준히 하루에 30분이라도 하려고 노력하니 좋아졌다. 피아노도 틈틈이 연습해 약지 손가락의 굳었던 근육이 서서히 풀린다.
무엇이든 성의 있게 열심히 하자고 생각했을 때 그리고 집중해서 머리 쓰는 세계로 들어가서 하다보면 아픈 거 떨리는 거 잊어버리고 건강한 몸으로 사건을 처리하고 있다. 참 신기한 일이다.
무엇이든 할 수 있다는 자신감과 모든 걸 해결하는 능력이 어디서 나왔는지 의구심이 생긴다.

감사

추석날 손자가 "잘 살게 해주셔서 감사합니다."라고 인사할 때 네 돌 아이가 그런 말을 용기 있게 할 수 있다니… 감사하다. 건강하고 정신이 바른 손자 생각하면 성실히 살아온 삶에 보람이 느낀다.
처음 파킨슨병이라고 진단 나오던 날, .미래를 알 수 없는 절망에 의사 선생님 앞에서 펑펑 소리 내어 울었던 일도 있었고 고요한 침묵 속에서 사색을 하다가 아! 죽고 싶다는 충동적인 생각도 해보았지만 지금 증세가 심하게 악화되지 않아 자신감이 생겼기에 이것도 감사드린다.
먼저 저세상으로 가신 조상님 여러분들도 영혼이 남아 나의 모습보고 도와주리라 믿는다. 이 병이 안 왔다면 그 동안의 생활과는 다른 딴 세상을 경험해보지 않았을 것이다.
어릴 때 소망처럼 잘 쓰는 글이 아니더라도 글을 쓸 수 있게 재능을 주신 부모님께 감사하게 생각한다. 의사 삼촌이 글을 써보라고 권해주셔서 글을 자주 쓰고 있는 거라서 또한 고맙게 생각한다.

이렇게 살다 보면 좋은 일도 생길 것 같고
절대 실망하지 않을 것이다.
마음의 갈등 씻어버리고
새로운 생각을 심자.

파킨슨병을 앓는다 해도

왼쪽 팔다리가 둔해지고 걸을 때 발이 땅에 끌리고 경련 같은 떨림이 수시로 일어날 때 자주 통증을 유발하는 병. 나의 오른쪽 중뇌가 죽어가고 있어 도파민이 만들어지지 않아 몸 왼쪽으로 파킨슨병이 왔다고 설명 들었다.

마음이 떨릴 때 신경이 쓰일 때 몸의 떨림은 심해지고 증상들이 외부로 나타나면 주눅 들어 행동이 더욱 위축되는 파킨슨병 환자. 말 안 하면 상대방 사람들이 알 수 없어 운동화 하나 신발을 신으려면 시간이 다른 사람보다 많이 걸려야 신을 수 있어 이 병을 알지 못하는 사람들은 굼뜨는 행동을 이해할 수 없어 주위 사람한테 얘기해서 도움도 받고 이해하게 해야 한다고 하지만 자존심이 상한다.

사람들이 많이 오가는 복잡한 거리에서 넘어지려고 해 안 넘어지려고 애쓰다가 결국 옆에 있는 20대 초반 아가씨의 팔을 꽉 잡고 의지하면서 안 넘어져 학생한테 사과하고 이해를 구해야 하는 일도 종종 있었다.

과거의 건강하던 날을 잊지 않으면 현재의 나를 인정할 수 없다. 창피하더라도 말을 해서 이해를 구해야 한다. 가끔 증상이 나타나지 않는 날, 병이 나았다고 약도 안 먹고 거짓말하고 이런 것들이 내성이 생기게 해서 병을 악화시키지는 않을까 걱정을 하기도 한다.

오른손으로 글을 쓸 때면 손의 근육이 뻗치고 잔물결 치는 나의 왼손 통증도 함께 온다. 손가락 손바닥도 쉴 새 없이 흔들린다. 혼자 있을 때 글 쓰는 데는 특별히 불편한 것은 없다. 그러나 관공서나 은행에서 용무 보면서 글 쓸 때 의지대로 가만히 있지 못하고 마구잡이로 흔들리는 불쌍한 손이다.

몸이 으슬으슬 추운 것 같이 아픈 증상이 오면 아무 것도 못하고 가끔은 기관지에 이상이 생겨 기침을 하고 사레가 자주 걸려 음식을 먹다가도 기침을 심하게 한다. 밤이면 심해서 밤잠을 설치기도 하고 생활하는데 불편한 곳이 많다.
그래도 일도 열심히 하고 피아노도 열심히 쳐서 굳어있는 손가락 풀리게 하고 문화센터 가는 날 만이라도 바이올린을 켤 수 있게 열심히 다니자고 다짐해본다.

실망하지 말고 노래하며
왼손으로 바이올린이 음을 잡아 활로 소리 내면
파킨슨병도 더 악화되지 않고 이대로 지속된다면
감사의 기도 올리고
행복한 밤으로 최선을 다하며 살자.

또 거짓말

걸음을 걷는데 불편함이 없다. 팔도 떨지도 않아 착각을 해본다. 병이 나아질 징조 같다고…
작은 땅에 집을 짓기 위해 2년 동안 힘든 곡절도 많아 외부 마감하고 아시바 철거하던 날 가림막을 벗겨내고 건물 외벽을 처음 보는 순간, 가슴 떨림의 환희가 몰려온다.
어떤 집일까 궁금해 한 시간들, 고생한 만큼 보람으로 웃게 해준 건물.
당당하자. 파킨슨 진단을 받고 몸이 아파서 일을 안 하기로 결정하고 업자한테 맡긴 집이 건설업자가 제대로 해주지 않아 콘크리트만 치고 뼈대만 완성해 놓고 손 떼라 하고 손수 사람들을 대서 모든 걸 해야 했다. 업자가 선급금만 받고 일을 해주지 않아 작은 집을 짓는데 2년이 걸렸다. 아직도 처리해야 할 게 많이 남아있는 집이다.
하루에도 몇 번 후회하는 작년의 결정, 돈이 많이 들어갔다고… 차라리 짓지 말 걸…
그러나 잠시 멋있는 건물의 완성을 바라보면 기쁨 때문인지 약을 안 먹어도 불편하지 않은 몸. 아이들한테는 머리에 염색할 때가 되었는데 염색을 안 하니 증세가 호전되었다고 거짓말하고 있다.
다시 또 증세가 나타날 걸 알면서 또 거짓말하고 있다.

아시바는 높은 곳에서 공사할 수 있도록 임시로 설치한 가설물. 흔히 '시스템 비계', '아시바', 혹은 '족장'이라고 쓰는 경우가 많은데, 이는 일본어 아시바(足場, あしば)에서 온 일본식 한자어이다.

잘 할 수 있을 텐데

잠자리에 누워 여러 생각을 할 때 잘하는 것이 있을 텐데… 조금 더 노력한다면 더 나아지겠지 하고 생각은 해본다.
젊어서 열심히 하지 않은 운동, 운동 가자고 하면 운동보다는 피아노 앞에 앉아 피아노 치는 걸 좋아했던 시절.
젊을 때는 특별히 연습을 안 해도 그럭저럭 할 수 있었던 골프 운동.
지금 왼손에 힘이 없어 신경의 흐름 미약할 때
의지대로 할 수 없는 나의 몸.
파킨슨 환자의 굳어가는 신경과 근육 그로 인한 통증은 수시로 여러 곳에서 발생한다.
마음만은 잘한 것 같아도 미세하게 죽어가는 신경들은 좋은 결과 기대할 수 없게 한다. 동반자에게 폐 끼치지 않으려 열심히 노력해보지만 효과가 나타나지 않는다.
굳어가는 근육을 막으려 운동을 하지만 흔들리는 팔과 다리의 진동은 가슴만 답답하게 할 뿐이다.

파킨슨병이 아니라고 거부하고 싶지만

왜 그런지 파킨슨병이 아니라고 거부하고 싶다. 아침에 잠에서 깨어나 정상적인 생활을 할 수 있다. 몸도 마음도 흔들리지 않고 예전처럼 생활할 수 있다.
며칠 전 버스 안에서 전철 안에서 잠이 막 몰려와 너무 좋아 일부러 이틀 동안 약을 먹지 않았다.
새벽에 눈 뜨면 손 운동을 30분 동안 한다. 손가락을 손톱으로 눌러주고 옆쪽도 만져주면 손가락이 펴지는 것 같고 덜 아파 자꾸 운동을 한다. 그러면 기분도 좋아지고 몸도 가볍다.
이틀 약 안 먹고 그 동안 이틀간 괜찮아졌다가 그 이틀 후 너무 아팠다. 몸이 여기저기 아파 무서워서 약을 먹었다.

이제 약을 중단하지 말자.

정말 병이 나았을까?

기적이란 맹목적인 믿음에서 온다. 종교적인 무조건적인 숭배는 믿음 가는대로 목 타는 믿음을 갈망하면 이루어지는 꿈같은 일이다.
파티마 성당에서 느꼈던 감정 눈물 쏟아지던 날, 기억하며 다시 가서 기도하고 싶었던 어느 날, 맑은 하늘에 나타난 무지개 같은 사랑얘기처럼 들리는 신기하고 놀라운 일이다.
불치병에서 해방된다는 것은 축복하고 반겨야 할 인데 아직 조심스럽고 지켜봐야 할 것 같다. 조금씩 증상이 사라져가는 파킨슨병.

급속히 진전되는 증상이 더 많은데
건강한 몸을 지키는 내가 무섭다.
오늘은 약을 안 먹고 시험해보리라.

노력

불치병이란 진단이 처음 나오던 날, 낙담하고 울었던 기억 감추려 해도 감춰지지 않는 병의 증상.
조용한 사색을 하면 우울해지고 세상을 원망해지는 마음.
곧 온몸에 변화가 와서 일상생활을 못 할 것 같은 불안함.
그 후 2년이 지났다.
처음으로 선언한 것은 가족한테 환자 취급하지 말라 했다. 나는 똑같이 생활을 할 거라 했다. 생활을 바꾸기로 했다.
뇌에서 오는 병이므로 뇌를 자극시키는 일을 하기로 했고 밝은 생각과 긍정적인 생활태도를 가지기로 했다. 노래 교실을 다녔고 바이올린을 다시 배우기로 했으며 굳어진 손가락을 정상으로 돌려놓기 위해 수 없이 노력했다.
피아노로 하농을 열심히 연습했다. 조금 좋아져서 피아노를 칠 수 있었다. 바이올린은 바이브레이션을 넣을 때 손이 흔들려서 바이올린까지 움직이려 한다. 가끔 음정이 안 맞는다고 선생님한테 혼나도 나는 계속 하리라. 음을 정확히 낸다는 것은 너무 어렵고 싫다.
작년엔 일본 온천에 세 번 갔다 왔다. 온천을 하고 나면 혈액순환이 잘 돼 안 갔다 온 것보다 좋다.
두 달 전부터는 글도 쓰고 골프 운동도 전보다 더 열심히 한다. 병 증세가 크게 나빠진 것은 없다. 병 진단이 잘못된 건 아닐까 생각한다.
원룸 청소도 내가 하고 아직은 남들한테 맡기지 않고 혼자 할 수 있다. 돈 관리도, 일 년 계획도 세울 수 있으니 정상인과 다를 바가 없다. 내 몸이 나빠지지 않게 노력을 많이 한다.
청주 초정 목욕탕에 주마다 가서 목욕을 하며 온탕에서 운동을 많이 한다.

몸이 굳어 가는 것을 막기 위해 고개도 반듯하게 하고 아픈 곳이 있으면 운동을 열심히 해서 그것을 풀어야 한다.

프랑스의 피아니스트이자 교육가인 샤를-루이 하농(1820~1900, Charles-Louis Hanon)이 만든 연습용 책. 원래 제목은 "명피아니스트가 되는 60 연습곡"이다. 바이엘의 종료와 함께 2레벨로 레벨업한 견습 피아노 연주자를 위한 초보자용 연습곡 교본. 총 60개의 연습용 곡으로 이루어져 있다. 한국에서는 보통 체르니와 함께 배우게 된다. 보통은 위와 같은 피아노 연습곡만을 지칭하지만, 100년도 넘게 피아노 에튀드의 대명사로 불려왔기 때문에, 이제는 각종 악기의 기초적인 테크닉(음계 등)을 위한 필수적인 연습곡집이라는 의미로 확장되기도 한다. 그래서 '플루트를 위한 하농'이나, '재즈 하농', '일렉트릭 기타 하농'이란 이름으로 연습곡집들이 출판되었다.

검사받는 날

기억력 인지 검사하는 날이다. 집에서 일찍 나와 콩나물 전철에 올라탔다. 출근할 때마다 겪는다는 콩나물시루 같은 전철. 시간이 늦지 않게 병원에 도착했다.
기초적인 일상생활이 가능한지 정말 쉬운 검사였다. 검사 선생님은 그 동안 병이 얼마나 악화했는지 알아보려고 했다. 지금 가장 기초적인 약 2알을 먹고 있는 2년이란 세월이 흘렀는데 양호한 상태라 했다. 나는 늘 병이 나았다고 생각하면서 살고 있는데 그 이튿날 다시 증상이 나타나 거짓말을 반복하며 산다고 말했다. 선생님은 그 정신이 좋은 거라고 말해 주셨다.
주변사람한테 환자라는 것을 알려야 할지 아니면 숨겨야 할지 고민이다. 원칙적으로 나는 거짓말을 싫어해서 모든 것을 사실대로 말하는 편이라 굳이 내 병을 숨기고 싶지 않다.

이 병에 한번 걸리면 왜 완치를 할 수 없을까?

아름다운 것들

오월부터 더위가 시작되어 계속 뜨거운 열기가 쏟아지는 팔월 말복… 사람도 꽃도 식물도 모두 지쳐있다. 주위를 둘러보면 모두 흉한 모습이다. 활기차고 생동감 있던 꽃도 나무도 모두 강한 빛에 타버린 흔적을 지닌 채 생명을 연장하고 있다. 사람들은 계속된 더위에 지쳐 있다. 생각하고 싶지 않은 삶이 찾아오니까 간신히 지나가기를 기다린다.

뻣뻣해져가는 나의 모든 것들을 바라보다 문득 떠오르는 아름다운 추억이 있다. 몇 번을 생각해봐도 아름다운 것들이 있었던 어릴 때의 기억이 짜증나게 하는 현재의 삶을 아름답게 만들어 가고 있다. 어릴 때 울고 있을 때 달래주던 부모님의 기억들… 한 이불 속에서 잠자던 동생들… 생각하며 아름다운 추억을 그려본다.

그래도 시간은 간다. 글을 쓴다고 펜을 잡고 머릿속에서 숱한 영상을 떠올리며 갈등의 고리를 연결하고 있으면 생각은 계속되어 간다. 신나는 일이 없어 가슴에 느낌을 주는 일이 생기지 않아 글을 쓸 수 없어 잠자는 일에 열중했다. 잠자는 뇌를 깨우지 않아 현재의 상태는 안 좋다. 글을 매일 쓴다는 것은 어렵다. 가슴에 감흥을 일으키는 새로운 일들은 생기지 않는다.

여행이라도 할까? 한국여행은 약간의 차이는 있지만 인상과 느낌이 거의 비슷하다. 그래도 밖에 나가 잠을 자고 사람들의 색다른 모습을 보면 활동하지 않는 뇌의 일부를 깨울 수 있다. 여름이 가고 집이 다 지어지면 여행을 하자. 그리고 새로운 일을 해보자. 병의 원인인 뇌의 일부를 사랑하며 아껴주자.

변덕스런 마음

어떤 날 잠자고 일어나면 아프지 않았던 그 시절처럼 봄이 자유로울 때 병이 완쾌했다고 좋아하면 약을 먹지 않는다. 머리는 더 맑아져 건강하고 활기찬 생활을 맞는다. 피아노를 쳐도 악보가 눈에 잘 들어오고 감성적인 느낌을 나타낼 수 있다.

지금처럼 졸면서 글을 쓰지 않는다. 비몽사몽간에 바이올린을 켜면서 꿈길 같은 아늑한 길을 가며 악보를 읽어가며 그래도 해야 된다는 의무감에서 한다.

머리가 맑은 날은 입이 수다스러워진다. 즐겁고 말하고 싶어져 그이한테 수다를 떤다.

그것도 잠시 여기저기 아프면서 떨림이 계속될 때 나는 불안해진다.

약을 안 먹어서 그럴까?

금세 다 나았다고 생각하다가도 금세 병이 악화돼 점점 굳어져 정상인처럼 생활을 못한다면… 그리고 일을 할 수 없다면 최악의 고통이 지속된다면… 끔찍스럽다.

약을 꺼내 먹고 근육을 움직여 굳은 살 풀어 주어 변덕스런 마음을 느끼고 비애를 맛본다.

좋아진 얼굴

요새 사람들은 나보고 얼굴 좋아졌다고 한다. 화장 빨도 있겠지만 원래 제 얼굴색이 살아났다고 한다.
증세도 있어도 무슨 병인지 몰라 이 병원 저 병원 다니다가 병명을 알게 되었고 검사했다가 팩트를 찍어야 정확한 진단이 나온다고 해서 동위원소 주사 맞는 게 싫어도 검사에 응했다.
이 검사를 한 후에 얼굴에 핏기가 없고 얼굴이 부어서 금방 환자라는 것이 확인 됐다. 일 년 반이 지난 지금 부작용에서 완전히 벗어난 얼굴이 보였다. 얼마 전 건강 진료소에서 건강검진을 했는데 한 곳에 대해 재검 지시가 내렸다.
자궁에 상피세포가 있다고 했다. 상피세포는 암으로 진전될 확률이 적으나 다시 검사하라고 하는데 안 가고 있다. 다른 병까지 있다면 안 될 것이다. 바로 가서 검사해보고 건강관리를 잘해야 겠다.
얼굴 좋아졌다고 하는 말들을 들으며 살고 싶다.

약물의 효능

다리가 아파 걷는데도 지장이 있어 친구가 마사지 연구소에 데리고 갔다. 온몸을 만져주면서 스트레스가 가득 하다고 하며 약초를 사서 약한 불에 오래 다려 숭늉처럼 마시라고 했다. 눈이 안 보이는 선생의 조언에 따라 그 물을 마신지 이제 일 년이 지났다.

사람들은 믿지 않겠지만 관절이 여기 저기 아플 때 그 물을 마시면 조금 있다가 통증이 사라진다. 감초, 대추, 생강, 강황, 황기 등 어떤 성분이 마음을 편안하게 할까? 알 수 없지만 상호작용 했으리라 생각 한다.

나는 젊은 시절 딸아이 아플 때 긴장해서 그때 치주염이 생겨 이가 하나둘씩 많이 빠졌다. 지금도 아픈 이가 있는데 신기하게도 그 약물에 항염 작용이 있는지 치아가 점점 강해지고 안 아프다. 내 몸에 도움 준다면 끓이긴 힘들지만 그 약초 물을 다려서 꼭 먹어야겠다.

병이 나았다면

파킨슨병은 원인 모르는 불치병이다. 그 병으로 고생했는데 만약 나았다면 감사할 일이다. 나에게 정말 그런 일이 있을까? 처음 증상이 있을 때 왼쪽 어깨로부터 손끝까지 저리고 아프고 왼쪽 엄지손가락이 흔들렸다. 펙트검사 이후 보니 뇌 오른 쪽 부분이 1/4 정도 하얗게 먹어있었다.

그동안 치지 않았던 피아노도 손가락이 움직이지 않아 못 쳤고 바이올린도 음을 맞추지 못해 지금도 지적받고 있다. 얼마나 열심히 연습을 했는지 모른다. 그동안 내버려두었던 음악 공부이다. 머리 기억력이나 순발력이 떨어지지 않게 하기 위한 다시 시작한 노력이었다. 약의 부작용으로 시내버스 안에서 전철 안에서도 잠을 자고 피아노 앞에 앉아 악보를 보면서도 잠이 쏟아져 조금 잠을 잔 후 일어나서 피아노를 쳤다.

사월 달에 왜 시를 안 쓰냐는 퍼스트 부동산 사장님의 권유로 글을 쓰게 되었다. 사랑하던 동생을 떠나고 보낸 후에 나는 글을 쓰지 않았다. 동생을 떠나보낸 아픔과 슬픔은 글을 쓸 용기를 주지 않았다. 이 생각을 하니 가슴이 먹먹하고 왼손가락이 조금씩 잔물결 친다.

늘 나는 완치되었다고 믿고 생활한다. 증상이 다시 나타나 괴로울 땐 거만했던 마음을 자숙하고 증상이 사라지는 작은 운동을 한다. 이틀 전부터 팔 돌리는 운동을 한 후 훨씬 좋아진 나의 증상이 일시적이라 해도 꾸준한 노력을 하겠다. 만약 이 병에서 벗어나는 날이 온다면 잔치를 벌여 축하하고 싶다. 차 안에서 경빈이가 꼭 쥐어주던 손가락 사랑 그립다. 손가락 한 개만 잡을 수 있는 작은 손, 우리 사랑스런 아가, 예쁜 아가…

기도

병만 나을 수 있다면 밤을 새워 무언가를 하겠습니다.

파킨슨병이 악화만 안 된다면 이 상태로 지속된다면
지금 하던 대로 일을 하고 글도 쓰겠습니다.

도파민이 흐르지 않아 신경 체계가 무너져
통증과 떨림이 계속되고
자존심 상하고
통증의 아픔이 지속될 때
마음속으로 기도해봅니다.
밤새워 글을 쓰면서 기도한다면
잘못된 신경 체계가 바로 되지 않을까 생각해봅니다.
오늘은 통증이나 불편함이 없어 걸음을 잘 걸었습니다.
손의 떨림도 심하지 않고 기분이 상쾌해서
혹시 병이 나아가는 과정이 아닐까 생각 들어
새벽까지 글을 썼습니다.

과연 내일은 어떤 일이 있을까!

병의 원인

어떤 일이 안될 때 사람은 마음이 떨린다.
어디에 있는지 모르는 보이지 않는 마음. 마음은 심장 속에 있다고 믿는다. 새 피를 받아와 온몸으로 펌프질하여 새 희망을 공급해주는 심장 속에 흐르는 피처럼 마음은 정열적이고 쉬지 않고 노래한다. 어쩌면 마음은 생각하고 판단하고 결정하는 뇌에 있는 것 같다
형체는 없어도 사람 몸을 주관해주는 마음…
TV에서 본 우리나라의 국민성에 대해서 생각해보니 가슴 아프다. 어려서부터 철저한 도덕의 교육을 가르치지 않아 대기업에서 신기술을 개발해도 직원들이 몰래 중국에 팔아먹는다고 중국이나 일본 사람들이 그런다고 들어봤냐고 고하시는 스님의 말씀 듣고 보니 우린 잘못 살고 있는 것 같다.
가장 중요한 삶의 철칙과 도덕성을 배우고 자손에게 우리 것 우리라는 울타리가 소중한 것임을 가르쳐야 한다.
마음이 강하면 육체도 건강해질 수 있다. 마음이 약해져 떨려서 병이 온 건 아닐까?
작년에 선암사 스님이 가르쳐 준 운동법을 조금 하다가 중지했다. 가구 모서리에 장딴지를 마찰시키는 운동인데 모기에 물려 상처 난 다리를 문지르다 보니 너무 아파 포기했다. 하지만 몰래 편백나무에 문질렀더니 그 아픈 다리가 통증이 사라지고 가벼워져서 신기해서 병이 다 낫는 줄 알았다. 아픈 통증은 어느 정도 가셨지만 손과 발의 떨림은 계속 됐다.
어깨와 등이 아팠는데 백두산 관광에서 중국 젊은 사람들한테 전신 마사지 세 번 받고서 등 쪽 아픈 것도 가셨다. 왼쪽 뒷다리가 아프고

가끔 자다가 뭉친다. 그곳을 문지르면 혹시 떨림이 낫지 않을까 싶어 약도 안 먹고 딸한테 저녁에 주물러 달라고 부탁한다. 그리고 편백나무에 열심히 문지르다 또 중국에 가고 싶다는 생각이 들었다. 마사지 받아 날 수 있다면 받아보고 싶다.
지금 아픈 곳은 없는데 글씨 쓰는데 손이 떨린다. 나았다고 생각한 내가 잘못된 걸까?
나는 10년 전에 다리를 다쳤다. 발목을 다쳐서 한 달 동안 반기부스하고 풀었는데 병원에서는 한 달을 더 통기부스를 요구했지만 일도 있고 갑갑해서 안했다. 약간의 통증이 오랫동안 가시지 않아 그 통증이 다리에 뭉쳐 병이 생기지 않았을까? 의심해보다 아플 때 좀 더 일찍 대처했더라면 나을 수 있었는데 게을리 한 것 아닐까?
어쨌든 난 요새 증세가 좋아졌다. 이제는 아들 며느리 손자들 불러 밥도 해줬다. 힘들거나 피로하지도 않았고 약을 안 먹어서 졸지도 않았다. 잠 자다가 너무 피곤해서 생각해보니 낮에 봉천동 집에 들러 청소를 많이 했다. 주차장 먼지 닦고 유리창 닦고 길이 더러워 물을 떠다 붓고 길을 닦아냈다. 양동이에 물을 나르느냐고 피곤했다보다.

건강하다고 생각하며 살고 싶다.

하루 추웠다고

춥지 않고 따듯한 봄이 계속되는 겨울, 하루 추웠다고 호들갑떤다. 눈이 쏟아져 온 세상이 하얗게 되고 아침에 눈에 새겨진 동물 발자국보고 무서워하던 그 시절에 우린 고민하지 않았다.
경쟁할 이유도 없어 평화로운 마을에서 목청 높여 웃고 얘기하고 놀기를 일삼아 즐겼다. 청솔가지를 태우면 검은 연기 속에 솔향기 가득 배인 매운 냄새가 눈물을 나게 하여 억지로 슬픔의 눈물을 훔쳐내던 날. 고단한 삶이었다.
마른 장작을 할 사람도 없고 장작불을 피워 따듯한 온기를 지필 여유도 없었다. 사람들은 현재가 힘든 시기라 하지만 우린 행복하고 풍요로운 세상을 살고 있다. 일할 의욕만 있고 무슨 일이든 할 수 있는 의지만 있다면 얼마든지 일을 할 수 있는 여건이 있다. 남들은 이제 편안하고 우아한 생활을 하라고 하지만 꿈을 버릴 수 없는 나는 소비만 하는 생활을 할 수 없다. 몸을 움직이고 손자 손녀들도 자주 만나 사랑해주고 맛있는 거 만들어 먹이고 작은 것 무엇이든 나눠 주고 싶다.

언제까지 이렇게 살 수 있는지 모르지만
건강하다고 생각하며 살고 싶다.

신비한 호박

몇 년이 지나고 또 세월이 흘러 머리가 하얗게 변해도 만날 수 없는 형제자매. 나이 들어 각자의 생활하기 바빠 마음만 애틋하고 점점 멀어지는 피붙이들. 평생 동안 처음으로 고요한 나라로 떠난 동생은 빠지고 네 자매와 상해 여행을 갔다.
여행의 목적은 친정 나들이 하듯 한 집에 모여 부대끼고 맛있는 거 먹고 한 공간에서 같이 함께 한다는 느낌 갖고 싶어서 세 밤을 같이 할 수 있는 여유를 즐기기 위해서 였다.
파킨슨 환자인 내가 약을 가장 소중히 챙기지 않아 약을 먹지 않아 떨림이 심하게 왔지만 우린 여행을 열심히 즐겁게 즐겼다.
보고 먹고 틈틈히 쇼핑도 하고 밤 12시 가까이 숙소에 돌아오지만 또 모여서 마시고 동생은 나를 위한다고 주물러주고 행복하고 즐거운 시간이 흘렀다. 손발의 떨림은 지압으로 적당히 참았다.
집으로 돌아온 후 청주에 가서 식탁 밑에 보관해 놓았던 늙은 호박을 다려 먹기 위해 자르는 순간 호박 안은 콩나물로 가득했다. 귀한 약재일거라 생각하고 도라지, 대추 넣고 다렸다. 그 호박을 먹고 심했던 떨림은 사라졌다. 두 번째 호박은 하얀 실이 많고 싹은 많지 않았다. 평생 처음 본 신비의 호박이다. 병이 나으라고 조상님이 준 선물일가 생각해보니 힘이 생긴다.

이 병을 이길 것 같은 자부심이 넘쳐흐른다.

제3부

세상이 나에게 준 선물에 감사한다

선물

큰 딸이 백화점에 가서 구두를 사주겠다고 한다. 휴학하고 어학연수 간다고 공부한다고 하더니 아르바이트를 하루 종일 서서 한 달 동안 일해 받은 돈으로 선물을 사주겠다고 나가자고 한다.
그 선물을 받을 수 없어 바쁘다고 일보러 다니는 척하는 나한테 언제 시간 있냐고 묻는다. 어려서부터 많이 아파 병원에 많이 다닌 딸이 이 만큼 자라 힘들게 번 돈으로 선물을 사준다고 하니 나는 벌써 선물을 받은 셈이다. 어느새 다 커버린 딸을 바라보는 대견함이 구두보다 더 값지다.
거절은 하지 말고 시간 없다는 핑계를 더 대보자. 선물은 편지 한 장으로도 흡족하다. 귀중한 선물은 장롱 속에 숨겨져 있다.
어버이날 준 편지…
이사를 많이 한 탓에 간수를 잘 못하여 딸들이 준 편지를 버렸지만 한 통의 편지가 남아있다. 10년이 지난 후에 읽어보니 이보다 더 값진 선물은 없을 것 같다.

유품 1

보자기 쌓아져 장롱 속에 고이 간직한 아버지 유품인 고서 몇 권.
살아생전에 늘 벗하며 즐기던 책들이 주인 떠난 후 분실되고 동네 사람들 빌려가고 많이 줄어들었다. 고서에 대한 인식이 없었던 때라 소중하게 보관하지도 않았다.
내 나이 열한 살에 상여타고 긴 여행길로 떠나신 아버지, 그리워하며 사춘기 나이가 되어 뭔가 알 듯한 나이에 어머니는 아버지가 남긴 유일한 유품들을 뜯어서 다락방 초배지로 바르고 계셨다.
무식한 어머니라고 소리 내어 울어 간신히 책 몇 권 빼앗아 큰 여행가방속에 간직했다가 시집오던 날, 그 큰 책을 오빠한테 주었다. 대를 잇는 아들이 보관해야할 것 같아서…
우리 집에 남아있는 몇 권의 책들은 다락을 정리하다 발견된 아버지가 붓글씨로 써서 엮을 책들이었다. 그 책들을 살펴보다 허름한 종이에 그려진 시조 악보를 찾았다. 살아 생전에 읊조리시며 즐기시던 가락이 아버지 음성으로 재생되어 울려나왔다.
선비정신을 남긴 유품들, 영원히 가슴에 남아 살아있는 기억들.

이런 유품을 남겨놓고
사랑을 주고 간 아버지.

유품 2

닥 종이에 풀칠하며 겹겹이 껴입은 옷
빳빳한 삼베 구겨짐이 묻어나는
겉옷을 손때와 가슴에서 울은 절규로 다림질한 유품
영혼 부르짖음의 손님 오는 날
기다리던 창호지 닳고 닳아
상처받고 있는 유품
일그러진 주인의 정신 버팀대가
찬바람 중심에서 허우적댈 때
고운 손으로 쓰다듬으면
새로 피어나고 옥구슬이 되어
더욱 빤짝이는 유품의 눈물들
생전 보지 못한 그림문자로 쓰인
아버지 유품 속에 한시
이백 백낙천 등등 있지만
이름 없는 7구의 시는
겉표지에 이름 실은 살아생전의
생각이나 혼을 담고 있을
그리움 출렁대는
선연한 유품으로 남아있는
아버지

눈 오는 날

하얀 눈이 아파트 단지를 하얗게 덮었다.
차들의 지붕도 나무에도
하얀 눈이 깨끗하게 치장해주고
아들과 손주가 좁은 공간 틈새에서 눈 맞고 놀고 있다.
에너지가 넘치는 손자 에너지 사용해 주고 싶어
차 위에 쌓인 눈 동그랗게 뭉쳐
손주 머리위로 뿌려준다.
늘 피곤하다고 하면서도
아들과 놀아주는 나의 아들.
어릴 때 꿈을 꾸어야 상상력을 키울 수 있고
글을 천천히 깨우쳐야 생각을 많이 할 수 있다고
글도 가르치지 않고
공부도 배우지 못하는 손자.
지금은 늦되는 것 같아도
훗날, 역량을 모두 발휘해서
충분히 모든 걸 소화해낼 수 있는 손자이길
기대하고 싶다.
적당한 질투와 오기도 갖고 있어
모든 걸 잘해내리라고 믿으면서
아들 손자를 위해 기도한다.

자식사랑

자랄 때부터 아기 사랑 많던 막내딸.
첫아들 낳아 사랑을 늘 쏟아주며 사네.
울어도 웃어도 예쁜 아이사랑.
어느 것이 참사랑인지 해답은 없지만 사랑을 많이 받고 자란 것만으로 정서적인 위안을 받을 수 있는 자식사랑.
내가 자식 키울 때는 안 그랬는데 라며 안타까워 할 때도 여러 번 있지만 직장 다닌다고 갓난아기 시절 외할머니한테 맡겨놓아 할머니 가슴에서 젖꼭지 만지며 자란 딸이라 교육이 잘못됐다고 말도 못한다.
예쁜 아들이 둘이나 탄생한 딸한테 늘 큰 축복이라 말하고 아가와 인연이 된 소중한 탄생을 가장 행복하고 기억하라고 하지만 때로 혹독한 마음의 갈등 겪는다.
저렇게 키우면 안 되는데 말하고 싶어도 말 못하고 옆에서 지켜봐야만 하는 자식사랑.
사랑받은 만큼 큰 사랑으로 커가길 바라는 자식사랑.

보고 싶은 꿈들을 가슴에 안았다

어렸을 때 꿈 깨지 마라.
이웃동네에 있는 논에 가면 신기한 풍경이 펼쳐졌다.
하얀 연기 뿜으며 검은 뱀처럼 들판을 지나가는 기차소리에
매료되어 아름답게 펼쳐지던 꿈.
기차의 꿈틀거림…
따뜻한 양지에 봄이 일찍 깨어 꽃기운 완연하면
돌무덤 속에서 기어 나와
햇볕 쪼이던 뱀의 뭉쳐진 무더기를 보았을 때
문명의 앞자락에 매달려 기어가던 기차가 떠올랐다.
새 지식 신천지를 대표하는 기차.
뱀처럼 생동감 있게 지치지 않고 실어가야 할 앞날들.
들판을 뛰놀며 얼른 어른 되기를 기다렸던 밤에 꿈속에서 뱀이 득실
거리던 길을 빠져나가는 꿈을 곧잘 꾸었다.
공포와 당돌함으로 헤쳐 나가야 했던 삶의 아픔들.
뒤돌아서서 고요한 잠에 빠져들면 신작로 끝에 쭈그리고 앉아
뱀을 향해서 시원스럽게 속을 풀었다.
쏟아지는 심장에서 나오던 오줌으로…
잠에서 깨어났을 때 방바닥에 댐 육체가 축축해져 있음을 알았다.
키 쓰고 이웃집에 가 소금 얻어오던 옛날의 부끄러움 비춰줘 오던 물
지게에 매달린 양동이, 양동이물 흔들림이 가라앉아 성숙한 당당한
모습 비춰지던 날, 이루어 보고 싶은 꿈들을 가슴에 안았다.

지독한 사랑

이 세상에서 가장 짐을 많이 지게 한 그대. 너무 많은 빚을 지고 태어나 쳐다보기도 어렵고 가까이서 대하는 눈빛도 사랑스러워 꿈 밀려와 이부자리에 넘쳐나면 늘 푸른 사랑 아까워 잡지 못한 손이 있었다.
고요한 달빛이 눈썹위에 내려앉은 모습, 지켜보기 아까워하다가 아이 여덟 낳고 아픈 그대였다.
아내는 하얀 모시 치마 구겨질까 조심스러워 살포시 풀어 내리면 그대는 고단한 햇빛 웃음 담아다 안겨주었다.
살릴 수 없다면 같이 죽을 수밖에 없다고 작정하고 아내가 다가설 때 사랑스런 아이 안겨주던 그대였다.
그대 사랑을 위하여 닥치는 대로 일을 하던 아내가 지친 몸 잡고 잠시 넓은 벌판 달려 자유로운 몸 되는 꿈꿀 때 그대는 괴로움 덜 주려 저승사자를 기다렸다.
그대 위해서라면 무엇이든 하리라. 맹세한 아내는 다시 태어날 후생에 지고 갈 업보를 알면서도 서슴지 않았던 양심의 살생을 하기도 했다.
한 사랑을 위한 지독한 고행을 한 아내는 흐르는 구름처럼 떨어지는 시간 붙잡고 그대 곁에 갔다.

저승에서 만났는지 이승에서는 아무도 모른다.

셋째 딸

옛날 시골 초가집이 있는 나뭇가지로 울타리 쳐진 마당 한편에서 피어있는 백합꽃처럼 향기 뿜으며 마루에 놀러와 청초한 순결을 집어주고 전설 들려주던 백합 같은 셋째 딸이 있었다.
얼굴도 작고 유난히 예뻐서 아버지 사랑 많이 받아 시샘 많은 언니의 공격을 받고 자랐다. 동생 옷 하나 사다주면 골 부리고 놀러나갈 때 따라다니고 싶어 쫓아가면 때리면서 못 오게 해도 울며 따라다닌 동생.
아버지 윗동네로 콩 팔러가서 안 오신 후 동전 몇 푼 꺼내가 사탕 사먹는다고 어머니한테 매 맞은 후 옷 벗고 알몸으로 쫓겨났었다. 추운 겨울날, 어머니 무서워 반항 한번 못하고 쫓겨난 동생. 데리러 갔을 때 언덕 옆에 쭈그리고 앉아 떨고 있던 동생의 애처로운 눈빛이 사십여년 지난 지금에도 가슴 아프게 떠오른다.
언니 공부 더 잘하니 언니 학교 더 보내자고 동생 중학교에 못 갔어도 어머니 속 한번 뒤집어 놓지 않았던 착하고 예쁜 셋째 딸.
욕심 많고 산처녀 같은 언니 밑에서 자라 바람이 불어주는 데로 순종하며 살았다. 그래도 고집은 세서 큰 언니 시집가던 날, 하얀 칼라 달린 교복을 입은 언니가 하얀 원피스 물려 입은 동생 하객들한테 창피하다고 못 오게 시내버스 타러 갈 때까지 싸웠어도 끝내 결혼식장에 갔었던 셋째 딸.
하얀 면사포 쓰던 날, 나는 펑펑 울었다. 나 때문에 늘 그늘 속에 피어있던 백합 꽃 같은 동생. 학생 남편과 결혼하여 가난하게 살다보니 해줄 게 없어 가슴 태웠다.
철들고는 동생 아픔을 대신 짊어지고 싶었던 언니 사랑받고 시집간 셋째 딸. 아들 둘 낳고 검정고시 공부하며 합격한 것이 대견스러워 눈물진 어머니 웃음보따리.
선물 받고 세상을 살아가는데 조금 자신감이 생겼다던 내 동생.
체신은 작지만 세 남자 움켜잡고 사랑타령 부르며 행복하게 살아가는 마음씨 예쁜 셋째 딸.

그대 집으로 오는 길

바다 속을 기어 다니는 고래의 커다란 입 속으로 빨려 들어가면
안전벨트 매면 버스는 물살을 가르고
넓은 벌판 녹음의 파도를 일으킨다.
고속도로가 바다 수족관인양 달리는 차들은
고운 꿈을 펼치는 물살.
뜨거운 햇살 쪼개어 맑은 구슬로
쪽빛 하늘을 촘촘히 채우고 있다.
그대 집으로 오는 길,
푸른 벌판의 꿈은 뜨거운 여름날
알이 통통하게 차오르는 그대와 30년 벗한 질곡은
강한 뙤약볕에 모조리 벗겨진 알 껍질 속에서
지난 시절 들여다보이는 투명한 탑으로 이루어지고 있다.
청주로 가는 길로 빠져나가면 보이는 친정동네가 유년 시절의 기억들을 풍경화로 그려놓고 가슴에 바람 일으킨다.
붓 잡은 손에 추억을 덧칠하며 바라보는 것만으로 마음 달래보고 시원한 바람 주워오던 느티나무에 기대어보면 버스는 물결치는 녹음 속을 빠져나가고 있다.

- 느타나무는 이승만 대통령이 하사한 나무 제법 컷어요.

바램

등잔불에 심지 돋우면 타오른 불에 심해졌던 그을음.
열 명이 모여 사는 두어칸 방에 등잔 불 하나로 온 식구 밝혀주던 세상에 어머니는 석유 아깝다고 불 끄라고 말 하시던 그런 시절의 바램은 어머니 잠든 후 다시 일어나 등잔불에 켜고 밤을 지새우며 꿈을 키우는 것이었어.
등잔불이 미약하여 이룰 수 없었던 꿈. 한밤중에 어둠은 구수한 잠냄새로 뜸들이고 어둠을 베게 한 아주머니 등짐으로 동쪽 끝에서 서서히 맞이해오는 새벽꿈.
이국 땅 먼데서 불어오는 바다바람이 손님 기다리는 곱게 차려 입은 옷깃 스치면 두 손 모아 빌고 싶은 바램 하나 있어. 지금은 이룰 수 없어 벽에 가려져 있지만 훗날, 서서히 찾아오는 새벽꿈 가랑이에 마음의 등잔불 켜는 날 지키고 싶다.
성 쌓듯 단단히 쌓여 등잔불 아까워 못 키던 가난의 아픔도 넣어 지고 갈 짐을 준비하는 눈동자 속에 가라앉은 바램은 고요한 호수에 비치는 햇빛처럼 넓고 큰 잔잔한 평화.

늘 넉넉하고 사랑하는 맘 가득했으면…

고시원 아줌마

학생들이 식탁에 둘러앉아 삼겹살 구워 상추에 싸서
한입 가득 넣고 먹으면
아줌마 잠자는 꿈 불러와 저 소리 들어 보자네.
누에가 뽕 먹는 소리가 들려온다고
남의 집 귀한 아들 먹을
식탁 마련하는 깐깐한 정성스런 손마디에
하나밖에 없는 아들 아름다운 세상으로 간 날 새기며
아줌마 속이 터지는 큰 웃음소리에는
꼭 우리 아들처럼 생겼다는
마음 풀린 허전함이 배어있네.
공부하다 지쳐
고향하늘 쳐다보면
푼수끼 있는 다정한 아줌마의
쓸쓸한 웃음이
아들 합격 기다리는 어머니 생각나게 하네.

아가

이 세상에서 무엇과도 바꿀 수 없는 소중하고 귀여운 아가 손주들아.
웃음소리 울음소리에도 희망이 가득한 사랑스런 아가야.
이 세상 자연과 햇빛과 바람에 속삭일 기회를 주고 이 세상 더 오래 살아갈 이유를 만들어준 아가야.
어디서나 자랑하고픈 예쁜 아가들아.
사랑을 머금은 영롱한 눈빛은 자라나서 너희가 이룰 일을 상상하게 한다.
소중하고 감동스런 아가들의 미래를 꿈꾸며 아가들이 자라는 걸 보기 위해 오래 살고 싶다.
예쁜 아가들이 의지하고 따를 수 있는 든든한 울타리 되어 주고 싶다.
아가들아. 예쁜 아가들아.
건강하게 꿈을 안고 자라다오.

꿈꾸는 사람

꿈은 누구나 꿀 수 있는 보석이다.
꿈은 아름답고 진실한 친구이다.
꿈을 갖고 살아가는 사람은
아무 곳이나 날아다니는 나비이다.
꿈을 꾸며 살아가는 사람은
서로를 아프게 하지 않으며 용서하게 하는 마음이다.
바라보고만 있어도 기쁨이 가득하고
웃고 싶어지게 하는 하루.
어디를 날아다녀도 반겨주는
꿈꾸는 사람은 행복하고 편안한 삶이다.

조용하고 맑은 산 속에서
시냇물이 속삭이는 소리 듣고 피어오르는
보송보송한 버들가지.

꿈 닮은 꿈꾸는 사랑.

꿈을 이룬 사랑

그대를 보고 있노라면 꿈은 사라지고 따스한 눈빛 가득 느껴올 때 꿈을 이룬 사랑은 그대가 있어서 입니다.
진정 무언가 말하고 싶은 정의가 있었을 때 바라보고 싶지 않은 그대 눈빛.
화끈한 심장소리 들키고 싶지 않아 현실에서 바르게 살려고 애쓰면 마음 세상에서 살아갈 아픈 고독, 따지고 반항하려면 곧 반격이 되어 되돌아오는 삶.
그대 눈빛에서 진실을 말하고 싶은 의지가 보이면 먼 곳으로 숨어버리고 싶습니다.
몸은 그대 옆에 두고 부족한 점 덮어주고 처리하지 못할 일 마무리 해주는 그대.

꿈을 이룬 사랑은 그대가 있기 때문입니다.

기도

두 팔로 빠져드는 듯한 모습으로
두 손 모으고 기도하면
보이려다 사라진 먼 전생의 인연.
희미한 안타까운 군상들 알고 싶어.
먼 옛날부터 느낌 이어지는
인연의 끈 알듯 말 듯 이어지는…
그러나 과거와 미래의 환영 속에서 헤매다보면
어떤 모습으로도 보여주지 않는 새벽녘 기도의 흔적들.
작은 숨소리와 그이의 꿈속의 멋진 너털웃음소리만 기억되고
낮에 놀던 아이의 귀여운 모습이
활력을 주는 행복하고 사랑스런 날들을
약속하는 기도뿐인걸…

그것이 행복임을 알게 해주는
새벽의 기도.

친구

얼굴이 뽀오얀 키 작은 소녀.
교정에서 맑은 소리로 웃어주던 그녀.
나도 너하고 같은 성을 가졌어.
처음 만나던 날, 주고받던 말이 잊혀지질 않는 그녀.
오랜 세월에 아이 태어나고 장가 가서 아들 낳았어도
소식도 알 수 없고 볼 수도 없었던 그녀.
가끔 떠오르던 그녀 생각은 가슴에
허전한 그리움 남긴 채 바삐 살았다.
우리는…
어느 날 바람결에 들려온 그녀의 소식은 장하고 훌륭하다.
오오 빛나도다.
존경하고 자랑하고 싶은 친구의 소식.
너무 바빠 만날 수도 없는 그녀.
만나지 못해도 전해들은 간단한 소식.
전화 속의 목소리만으로도
그리움 가시고 가슴 적신 허전함 채워주는 친구.
그녀.

만남

그리움의 줄기에 매달린 보고 싶은 얼굴들.
서로 닮은 모습.
살아가는 속마음은 달라도 영혼의 진한 인연으로 만난 사람들.
늘 보고 싶은 얼굴.
오랜만에 만나면 반가워 끌어안고 회포 풀면
서로 안도하고
그리움에 목 축이는 애잔한 사랑의 고향 들판.
함박꽃이 활짝 피어 미소 지으면
소리 질러 부르고 싶다.
새소리 되어 노래 부르는 영혼.
가슴에 사무치면
넉넉한 사랑 이야기 꽃 피워
슬픈 그리움을 지우리.
5월이면 찾아오는 산새처럼
슬픈 영혼 어루만지는 만남은
가슴속 애처롭게 아픔 불러내어
서로 보듬는 즐거움 나눠 이야기꽃 피우는
사랑의 고향 들판.

운명

엄마의 뱃속에서 세상에 나올 날 기다리는 아가의 마음은 기대 반 우려 반일 것이다. 작은 생명체로서의 순간은 기억 못하지만 내 상상속의 아가는 가슴 벅찬 환희이기 전에 고통이었다.
좁은 길을 뚫고 나와야 통하는 넓은 세상. 10시간의 긴 진통이 지났어도 세상 밖으로 나오지 못한 아가. 어머니란 이름의 소중한 분들은 떠나고 주위에 아무도 없는 외로운 산모. 막내 동생.
나는 집이나 절에 가서 가슴으로 진정 원하는 108배를 올렸다. 무사히 낳게 해달라고… 아이는 긴 아픔의 시간이 흐른 후 절개 수술로 탄생의 기쁨을 울었다. 조그맣고 신기하고 예쁜 아가, 아가의 운명은 이미 결정지어졌을까? 노력하면 어떤 운명이든 극복할까?
6. 29일 그 날은 아가가 태어나고 얼마 지나지 않고 삼풍백화점이 무너지는 사고로 온 나라가 아비규환이었다. 억울하고 분한 영혼들의 절규가 떠돌아다니고 울음바다가 되었다.
우리 아가가 태어나고 사고가 나서 그나마 다행이었다. 2시간을 피해서 먼저 탄생한 아가의 운명도 적어도 그 영혼들의 운명을 피해가서 다행이었다.
운이 좋았던 우리아가, 우리 아가, 성인이 되어 미래를 걱정할 나이가 된 지금 생각해보면 이상을 향해서 열심히 사는 것은 너의 인생에 가장 큰 행운이요, 운명일 것이다. 운명! 엄마 몸속에서 떨어져 나온 때 결정된 것이라면 순응하고 진심으로 최선을 다한다면 더 좋아진 운명이 기다릴 것이다. 바꿀 수는 없지만 미련 없이 먼 훗날을 위해서 실망하지 않고 조금씩 다가가는 지혜가 있다면 운명은 변하리라.

시골집

긴 창 너머로 하늘과 마당과 생명이 움트는 모습이 보이는 시골집, 칠월의 무더운 열기 속에 피어있는 꽃들이 보인다.
호랑이 무늬가 있는 키 큰 나리꽃, 하늘을 향해 오르고 있는 빨간 장미 꽃송이 피었다 지고 또 피었다 지고 파아란 잔디 위에서 길고양이가 춤을 추고 잡초가 무성한 곳에서 정사초가 꽃봉오리 내밀고 있네.
가장 이른 봄에 먼저 새싹이 터 곧고 줄기차게 자라 봄소식을 제일 먼저 전해준 잎사귀 사그라진 후 무더운 여름에 꽃봉오리 올라온 정사초가 보이는 시골집.
울타리에 호박손이 예쁜 미소로 혼자 살고 있는 그이의 집을 단장해주고 있는 시골집.
비록 혼자 살다 토요일에 가족들한테 오가지만 같이 살고 있는 꽃을 품은 나무들.
그이의 가족은 친구처럼 속삭여주기도 하고 물 달라고 바짝 마른 모습으로 숨을 쉬면 시원한 물을 뿜어주는 그이.
잘 다듬어주진 못해도 같은 환경에서 숨 쉬고 있는 생물들이 자라는 것 보는 것도 행복을 나누고 있는 것이 아닐까?

2017. 5. 21. 일요일

우리 딸 시집가는 날

빨간 치마 입고 대례복 입고 족두리 쓰고 얼굴에 연지 곤지 찍고 나이 많은 우리 딸, 시집가는 날.
관악산 낙성대에서 한마당 가득 손님 모셔놓고 전통 혼례로, 전통 악기로 음악은 계속되고 풍악놀이패들의 흥겨운 놀이로, 식이 시작되어 흥이 많은 손주 녀석 어깨춤이 절로 나고 청홍등 든 작은 녀석은 덩달아 신이 나고 종이 인형처럼 예쁜 한복을 입은 손녀딸은 동그란 눈을 치켜뜨고 신바람이 나서 마당을 헤매고 신랑 신부 입가엔 웃음이 가득하고 평생 한 번 볼까 전통혼례 구경하는 관객들은 흥이 나서 함박웃음 짓고 오늘은 나의 딸 시집가는 날.
가슴속 수없이 애태운 지난날 모두 씻어버리고 신랑한테 사랑받기 위해 친정을 떠나가는 날.
태양은 맑고 따뜻하고 바람은 시원하게 불고 낙성대의 나무들은 녹음이 우거져 넓은 공간에 향기로운 바람 물결 일어 기분이 절로 좋아져 축하 인사 마당 가득하네.

엄마들의 모임

오랫동안 서로 알고 이해하고 만나면 수다를 떨고 아들 친구 엄마로 만나서 스스럼없이 터놓고 얘기한 지 수십 년이 지나고 우린 가장 보고 싶어 하는 관계이다.
지속적인 순수한 우정은 단순한 생각에서 이어지고 아들들을 친구로 나누어 가진 엄마들의 따뜻한 관심과 사랑으로 이해하고 사랑해온 우리들의 관계이다.
어쩌다 한 번 만나도 애정과 그리움이 가득한 엄마들의 우정은 오래도록 유지하고 편안한 관계를 공유하기 위해서 지켜야 할 도리는 서로 마음 편하게 해주는 배려이다.
불편함을 느끼는 이야기는 삼가고 몇 번 들어도 질리지 않는 평범한 대화를 나누는 사랑방 이야기들이 익어질 때 더욱더 애틋해지고 정감 있는 엄마들의 모임.

남기고 싶은 것

아들딸들아, 너희도 30이 넘어 40이 가까우니 너희들에게 주고 싶은 것들이 있다. 너희들은 지금 인생에서 가장 황홀하고 행복한 청춘임을 모른다. 미래를 위해 일을 성실히 해야 하니까 늘 바쁘고 힘들어 집에 오면, 잠만 자고 싶고 휴식을 취하고 싶은 것이 당연하다.
내가 너희에게 남기고 싶은 것은 엄마 아빠 삶을 기억해다오. 엄마가 어떻게 살아왔는지 아빠가 어떻게 처신하며 살아왔는지 항상 기억하고 본받아 열심히 살도록 노력하라. 늘 남한테 피해주지 말고 약속 잘 지키고 신용 있는 사람이 되기 위해 최선을 다하며 살았으며 좋겠다.
돈은 돌고 도는 것이고 아무리 큰 부자라 해도 하늘의 뜻이 아니라면 순식간에 망할 수 있다. 급변하는 세상은 위험한 일이 많다. 어떻게 우리에게도 다가올지도 모른다. 항상 조심하고 큰 욕심 허황된 욕심을 좇지 마라. 세상일에는 공짜가 없어 공짜를 바라면 악의 화근이 된다.
일한대로 마음먹은 대로 살기 바란다. 잘 살고 싶으면 내가 얼마나 노력했는가? 지혜롭게 얼마나 열심히 살고 있는가 생각하라. 지금 편안한 생활 한다고 멈추지 마라. 마음속으로 미래를 위해서 기도해라. 너희가 살고 싶은 삶을 위해 무엇을 할 것인가 탐구해라. 인생의 목표가 무엇인지…
엄마는 너희들에게 따뜻한 보금자리 물려주기 위해 노력했지만 나 자신이 성취하고 싶었던 자아의 만족감이 있었다. 어린 시절 꿈을 향해 지금도 노력하고 싶다. 엄마 아빠의 삶을 기억하고 본받을 수 있도록 잊지 않고 실천한다면 큰 실수는 없으리라. 부모가 너희들의 거울이 되었으면 좋겠다.

사랑입니다

이 세상에서 만난 당신을 사랑한다고 약속하고서, 당신 생각대로 말하고 내가 지금 얼마나 지쳐 있는지도 생각하지 못 하고 당신만을 사랑해 주기를 바랐을 때 나는 당신이 나의 인연이 아니라고 생각했지요.
한여름 풀잎에 맺힌 물방울은 바람에 날아가고, 깜깜한 밤하늘에 반짝이는 별빛도 스러져 한여름 소나기가 지나가고 난 후에 싱그러운 생명들이 살아나는 걸 보았을 때 사랑이란 뭐든 주는 거라고 여겼지요. 줄 수 있다는 생각이 있었을 때 사랑은 할 수 있는 거라고요.
그런데 당신은 모든 걸 당신의 잣대에 그려놓고 그걸 원하고 있지요.
옛날에 나는 당신을 소중하게 생각하지 않았어요. 젊었을 때는 하고 싶은 일도 많고 여자에게는 자식들이 남편보다 우선이니까요. 애들한테 마음이 쏠려 옆에 있는 당신을 잊고 살았어요.
한해 한해가 지나고 당신과 나의 머리에 흰머리가 점점 눈에 띄게 되었을 때 나는 하나님께 감사했습니다. 당신을 만나 사랑을 하고, 결혼을 하게 되어서요.
몇 십 년을 같이 살다보니 몸에 걸친 옷처럼 제게 딱 맞는 당신이라는 존재가 되었습니다. 이제는 당신이 없으면 못산다는 생각을 하고 있을 때 나의 허물이 당신 눈에 띄어 꼬투리라도 잡히는 날은 완벽하지 못한 내 자신이 밉고 슬펐습니다.
나는 모든 걸 잘 할 수 없었습니다. 잘하려고 해도 실수를 하게 되고, 뼈마디가 헐거워지면서 더욱 미덥지 못한 내 자신이 야속하기만 했습니다.
세월이 야속하게 흘러도 가슴에 멍울처럼 간직했던 어릴 적 꿈은 사라지지 않고, 그 파릇파릇 하던 꿈을 이루어 보고 싶다는 욕망은 더욱 커졌습니다. 현실과 이상이라는 괴리에서 헤매다보니 당신을 더욱 알뜰하게 사랑할 수 없었습니다.
되레 나는 당신이 나의 천생 인연이라는 덜미로 당신이 내게 더 잘해주길 바랄 뿐이었지요. 지금 돌이켜 생각하면 나는 나만을 생각한 것이 아닐까 죄스럽습니다.
하지만 어떤 일이 있더라도 당신이 나를 사랑한다는 믿음은 있었답니다. 나의 투정과 욕심을 고스란히 받아주는 당신은 하늘이 내게 내려준 가장 귀한 보물이라 여기고 나의 길을 가고 싶었습니다. 내 길을 걸어갈 수 있게 당신의 기도와 당신의 따뜻한 시선이 필요한 시깁니다.

당신을 사랑합니다

당신이 해외여행을 간다고 훌쩍 떠나던 날, 내 가슴은 메마른 황야가 되고, 먼지를 일으키며 황야를 달리는 말발굽 소리 같은 게 들렸어요. 말발굽 소리는 황량한 내 가슴을 짓밟아 정신을 혼미하게 합니다. 숨이 멎고 머리가 쏙 빠져서 아무것도 생각 할 수 없었습니다. 그저 눈에서 눈물이 납니다.

어떻게 한 결혼인지, 달달한 신혼여행은 꿈도 꾸어보지 못했고, 애들 셋 낳아 키우느라 호텔 방이라고는 가보지 못한 나는 신주처럼 내 집을 벗어나면 천형이라도 받을 것처럼 집을 지키는 걸 즐기며 살았습니다.

눈물을 흘리고 있는 내게 위로의 한마디 주지 않고 떠난 당신을 미워하며 헤어져야지 다짐하며 절대 당신에게 의지하지 않고 스스로 해결하며 노후에 편안한 삶을 가꿀 수 있게 돈도 더 벌려고 생각했지요.

난 이제 흔들리지 않습니다. 생활비 달라고 손 내밀지 않도록 노력을 할 것이며 당신으로 인해 제 맘을 자꾸 상하게 하는 짓을 하고 싶지 않습니다.

집으로 들어와 정원에 심어 놓은 토란을 캐고 토란의 껍질을 벗겨 양지 바른쪽에 널어놓으니 어머니가 생각났습니다. 한 알의 토란이 몇 해 만에 제법 많은 모양으로 불어났기에 자연의 순리를 깨달으며 입맛 없는 날 토란국을 끓여 당신에게 소박한 식탁을 차려 줄 꿈을 꾸고 있는 나는 역시 당신의 여자임을 알았지요.

깊어가는 가을입니다. 햇볕이 화사한 오후, 신이시여. 변함없는 사랑을 내려주소서. 늙어가는 추한 모습을 아름답게 볼 수 있는 사랑의 눈을 주소서. 서로를 사랑하게 하소서.

너와 나 그리고 우리는

너와 나 그리고 우리는 긴밀한 우정과 사랑을 나누는 사이다. 그래서 우리는 속을 터놓고 지내야 한다. 우리는 비밀이란 게 없이 자연스럽게 가슴 속 사연을 말할 수 있다. 이야기를 귀를 넉넉하게 열고 들어줘야하고, 슬플 때 당사자 보다 먼저 눈물이라고 흘릴 줄 아는 관계다. 나이를 떠난 우리는 물질을 공유하는 것이 아니고 마음을 아끼고 공유하는 것이리다.
경쟁심이나 질투심은 버리고 태초에 순수한 마음을 서로 나누는 것이 너와 나 우리이다. 우리는 해맑은 웃음과 정겨운 말을 나눌 줄 아는 사이다. 늘 변함없이 지속되어야할 우리의 사랑은 더욱 크게 키워야 한다.

헤아릴 수 없는 아름다운 사랑을 말이다.

스무 살 시절의 친구

아름답던 옛날을 생각하면 오래전 일인데 어제 같다. 45년 전의 친구들, 기억 속으로 빠져들면 현실처럼 떠오르는 그때의 얼굴들이 하나 둘 스쳐간다.
스무 살 시절의 친구들은 꿈과 희망과 사랑이 많아 수다를 떨어도 지겹지 않아 웃음이 사그라지지 않았다. 가난한 나라라 남의 도움으로 교육을 받았던 수줍음 많은 처녀들.
교육 9개월 끝나고 곧바로 보건소로 발령 나 주민의 보건위생과 건강 계몽을 위해 앞장섰던 친구들. 그 중, 연락이 되고 가슴 속에 남아 있는 친구는 한 사람, 계속 공부하고 노력하며 정년이 되었을 때 남들이 우러러 보는 전문 지식을 강의할 수 있는 그 친구는 모든 걸 다 훌륭히 해낸 모범 여성이다. 자식 셋도 잘 키워 잘 가르치고… 스무 살에 만난 친구가 자랑스럽다. 스쳐 지나간 친구들 중에 성공한 사람이다.
학위를 따기 위해 노력할 때 우연히 만나면 공부는 네가 했어야 하는데 라며 겸손을 다하며 성심을 표현해 주던 친구들은 많았지만 마음을 소통할 수 있었던 유일한 친구였다.
그래도 스무 살 시절에 만난 친구는 말을 안 해도 그 마음을 알 수 있는 친구이다. 연락을 안 하고 멀리 떨어져 있어도 우연히 만나고 무얼 하는지 알게 되는 친구이다.

소중하고 햇살처럼 빛나는 친구
앞으로도 그렇게 이어지기를…

직장에서 제일 먼저 배운 일

동생들도 무럭무럭 탈 없이 자라 상급 학교에 갈 나이가 되어 밤늦게까지 공부라는 것보다 책 읽기에 여념이 없었던 나. 책은 나에게 온 세상이 되어주었다.
책 속에서 즐거워하고 울어야 했던 날들. 늘 내 자신의 욕망을 채울 수 없어 엄마 한테 반항하는 톡톡 튀는 메아리이었어도 만물이 잠든 적막한 밤에는 울타리 대어준 어머니. 그 어머니 있어 당당하고 당돌한 꿈 펼치는 소망을 가질 수 있었다.
책을 읽으며 상상력을 키워 나도 언젠가는 마하트마 간디를 닮고 싶었고 헬렌켈러 여사처럼 장애을 딛고 극복하여 훌륭한 여성으로 빛난 분들처럼 나도 그렇게 되길 원했다. 그러나 현실은 그렇게 되기가 어려웠다. 나는 고생하시는 엄마를 돕기 위해 진학을 포기하고 청주의 큰 병원에 취직했다.
첫날 의사 선생님은 서랍을 빼서 정리 해오라고 하셨다. 선생님 말씀이 어려워 꼼꼼히 먼지 하나 없이 깨끗하게 정리해서 갖다드리니 선생님이 말씀하셨다.
일에는 급히 할 일과 천천히 할 일, 대강해도 되는 일과 정성들여야 될 일이 있는데 서랍 정리는 시간을 들여 꼼꼼히 정리하지 않아도 되는 대강 할 일이다라고 하셨다.

그 말은 평생 교훈이 되는 말씀이었다.

첫 월급

돈은 살아가는데 있어 가장 필수적인 요소이다. 돈이 있어야 살아가는데 필요한 물건들을 살 수 있으니까.
고등학교에 진학 못하고 중학교 졸업하고 그 이튿날부터 병원에서 잔심부름하며 병원에서 하는 일을 익혀나갔다. 큰 외과 병원이고 수술도 많이 하는 병원이라 병원은 늘 손님이 많고 바빴다.
환자 순서나 진찰할 때 보조하는 역할부터 배워 나갔다. 그리고 한 달이 되었을 때 월급을 탔다. 하지만 그렇게 번 돈이 얼마나 가치 있고 귀한 돈인 줄 모르는 나는 돈이란 내가 뭐 하고 싶을 때 필요한 것이라는 믿음이 있었기에 그 돈을 어머니께 모조리 드리지 않고 월급의 반을 잘라 초등학교 입학하는 막내 여동생에게 구슬 달린 예쁜 원피스를 사 주었다.
어머니는 서운하셨어도 아무 말씀이 없었다. 평생 살아오면서 돈이란 꼭 해야 되는 일이 있을 때 쓰는 게 원칙이란 믿음이 있어 돈을 자유롭게 써왔고 꼭 돈 벌기 위해 일하는 건 아니고 살아가는 과정의 일부로 돈을 번다고 생각하기 때문에 돈은 그리 중요하지 않다.
알뜰히 살고 돈을 아껴 저축하는 습관은 늘 있었기에 늘 무엇을 어떻게 살아갈까? 아직도 고민거리로 남았다.

여자의 마음

팔색조의 색깔처럼 변덕과 욕망이 많은 사람들의 이야기 속에 새들은 아름답게 노래하고 희망을 속삭인다.
여자들의 마음은 갈대라지만 부부가 함께 있어도 수시로 변하는 마음은 알 수 없다.
금방 수다 떨고 웃고 의지하고 붙어 있다가 갑자기 변하는 마음의 굴곡은 어릴 때나 나이 들어서나 똑같다.
늘 사랑하고 있는 것이 아니다. 그래도 늘 바라는 것은 함께 살아가면서 사랑하려고 애쓰는 맘이다.
화냈다 웃었다 토라졌다 사랑했다. 이런 감정들…
왜? 괜스레 미운 감정이 생겼다 사라지는지 여자의 마음은 이해할 수 없다.
여자의 마음을 여유롭게 바라볼 수 있는 배려가 사랑하는 감정을 얻어가 사랑의 결실 얻을 것이다. 곱게 늙어가는 부부의 운명은 모든 허물 감싸 안아 줄 수 있는 넉넉한 마음으로 지켜주는 것.

기다림

마음속에 간직한 다짐은 매일 변하는 날씨처럼 변한다.
세상을 변화시킬 맹세는 꿈도 못 꾸지만
한 세상 살아가는 날까지 남의 신세 지지 말고
건강히 살아가고픈 그날의 기다림.
머언 발치에서라도 지켜보고 싶었던 사랑했던 사람의 기다림은
행운이 다가오듯이
여름날 밤, 상큼한 벌레의 울음소리처럼 다가오길 기대하지만
들판에 노오랗게 영글어가는 열매맺는 자연과
그걸 이루려고 애쓰는 사람들의 기다림처럼 다가오길 원했지만
그리운 사람의 기다림은 헛꿈일 뿐,
지나온 흔적은 지워버리자.

은은한 장미의 향기처럼 살며시 다가오는
내일을 꿈꾸는 기다림을 노래하자.

제4부

부르지 못한 노래를 다시 부르며

바이올린

세상을 떠도는 방랑자가 되어 바이올린을 켜고싶다.
가슴을 찌르는 짚시의 선율처럼
감동을 줄 수 있는 곡을 연주 할 수 있다면…
머리가 하얗게 변해버린 노년에
바이올린 턱에 대고 활을 잡으면
아름다운 음들은 도망치듯 날아간다.
비록 연주는 마음대로 안되더라도
바이올린이 연주하는 마음의 소리는
뇌를 자극하여
파키슨병을 앓고 있는 나를
몽롱한 어두운 세계에서 탈출 시킨다.
바이올린 켜고 나면 잠시 새사람이 되어 있다.

의지가 있는 소녀가 되어
이 세상과 사랑하고 싶다.

바라는 것

같은 시대를 살아오면서 나이가 달라 생각하고 느끼는 것이 다른 가족간의 갈등.
너희들에게 꿈을 주고 사랑으로 먹이고 키워준 어미로서 바라고 싶은 것은 자식이 있으니 참고 살아라. 어미의 가장 큰 아픔은 이별이다. 다시 올 수없는 세상으로 떠나는 것은 운명적인 큰 슬픔이지만 서로 오해가 생기고 미움이 생겨 살 수 없다고 느껴져 서로 헤어지자고 말할 때 어미의 가슴은 무너진다.
자식을 공동으로 키우는 부부가 헤어진다는건 우리 세대에서 생각도 못했다.
키운 정도 큰 사랑이라 하지만 천륜이란 부여받은 권리로서 먼 옛날부터 이어져온 특별한 인연인 표현할 수 없는 버릴 수 없는 인권이다.
지금은 천륜의 사랑이 크지 않다고 말 하는 분들이 있다해도 자식을 낳았으면 성인이 될 때까지 양쪽 부모가 정성과 사랑을 다해 키우는 것은 인간의 도리이다.
어미인 우리 세대의 큰아픔은 생이별이었다. 자식에게 큰 상처가 되고 가슴에 아픔이 되는 이별은 만들지도 말고 생각하지도 말라. 인위적으로 천륜을 부정하는 행동을 우리 가족만큼은 하지 말자. 눈물이 솟아나는 아픔은 만들지 말자.

기억

한 조각의 구름을 본다.
광기처럼 온몸을 전율케 하는 지난 시절이
망각의 삶 속에서 되돌아 와
찰나의 순간에 두 날개로 날기 위해 퍼득이면
눈빛으로 쏜 화살은 맑은 하늘에 박혀
한 조각의 구름 타고 피어올라
가슴속 설레게 하는 기억들.
아름다운 꽃송이로 변해가는 이룰수 없었던 꿈.
이 슬픔이었던 기억은
아직도 주름진 눈빛속에서 춤추고 있는
어린시절 소녀는
달음박질하여 산을 헤맸다 산까치처럼…
가슴속에서 숨 쉬지 못하던 꿈들이
주체 할 수 없어
안개처럼 피어 오르다 사라지면
인생의 고개 넘다가
뒤돌아본다.

지난날

어딘가에 두고 온듯한 내 젊은 날,
뒤돌아가 잡을 수 없는 그날이 있는 듯한
무심코 지나왔던 그다리에서
거두어오지 못한 그림자가 지난날의 꿈을 끌어안고 서있다.

마음속 오직 하나
물결치던 두눈으로 볼 수 없었던 첫사랑의 꿈이
가슴속에 있던 걸 모르고
지난 그시절 그자리에 놓고 온 그림자.

잊혀진 세월이 더 많은 세월의 파도.

잊혀져 가는 기억속에서 아물어져 가는
젊은 날의 상처는
그다리에 서면 뚜렷이 보이는
지난 날의 내가 되어보고 싶다.

꿈을 위해서 아무 것도 하지 않은
속 아린 아픔을 담아 온 과거의 가슴 속 던지고
신세대들처럼 당당히 서서
아픔을 끈으로 엮어
아름다운 삶으로 살아보고 싶다.

진달래

진달래가 울고 있다.
집 안마당 대문 앞에서 님 기다리는 진달래.
갑자기 따스한 날은 벌 나비 부를 초대장 넘어 혼자 피어
창문 살짝 열어 님이 올까 엿보네.
마당 안에 바람 스칠 때마다
누에 길러 실 뽑아낸 명주실로 짠 비단 얼굴 비칠 듯
진한 분홍색 물들인 치마 입은 속살 비쳐
나울대는 화사한 진달래 꽃잎은 찾아오는 님 없어 슬피 울고 있다.
지난여름 장맛비에 무거운 짐 잔뜩 짊어진 잎새.
무게 힘겨워 무너져 꺾여버린 줄기.
황홀했던 지난 시절 잊고 살아야 하는
그 아픔 잊혀지지도 않았는데
님 기다리는 진달래는 몇 송이 꽃으로 긴 얘기 나누고 싶은
떠난 사람은 생각하지도 말자면서
망가진 아픈 가슴 세상에 내주던
보드라운 꽃잎으로 바람결 잡는 속 깊은 꽃잎의 속삭임.
행여나 다시 올까 눈물 지우다
아름다운 지난 옛이야기.
영원히 속삭이고 싶은 날,
아름다운 봄날.

2023. 4. 10

봄날 아침

긴 겨울 새벽잠 물들이던
게으른 아침 햇살 맞이하고
코로나 등 뒤에 숨어 힘들게 지내오던 날들도
봄볕에 쫓겨
창문 틈새로 비춰진 새봄 바람 물결.
샛노란 개나리 속삭임으로 물들어가는 새벽 창.
가슴 설렌 벚꽃 물결.
따스한 봄바람이 불어
나날이 변해가는 비밀스런 햇살.
봄볕 햇살은 잠 못 드는 어두운 시간 살리고
새로운 꿈꾸고 산 벚꽃 곱게 물들이는
세상 여행하듯이 비춰지는 사랑하는 내 님 햇살.
소담스런 왕벚꽃 나뭇가지 꽃은 지고
사랑스런 애기 새순 돋아나면
따스한 님의 눈빛 머금은 햇살.
잠시 머물다 가면 어느새
희망의 옷 입고 있는 푸른색 산과
세상 여행하듯이
님의 고운 눈빛 닮은 신비한 자연의 색깔로 변하게 하는 아침 햇살.
봄날 아침.

2022. 4. 22.

아픔

나는 파킨슨병이 왼쪽으로 증상이 나타난다.
한쪽만 와서 다행이긴 해도 일상생활 하는 데 불편함은 없다. 벌써 진단 받은 지 9년이 되었건만 나는 가끔 헛소리를 하고 있다. 이 병이 곧 완치될 것 같다고. 완치되었다고 판정이 난다면 처음부터 진단이 잘못 된 것일 거다. 몸이 이상하고부터 왼쪽으로 힘이 가지 않고 떨림이 나타나 걷는 데 불편하고 글씨 쓰려면 왼쪽 손의 줄기줄기 진동이 찌릿하게 돈다. 특히 피아노를 치려면 손가락에 힘이 가지 않아 터치로 누르는 것이 안 돼 피아노를 칠 수가 없다.

얼마 전부터 누워 있으면 허리가 아프고 일어나려면 한참 굼벵이가 움직이듯 몸을 틀어야 일어날 수 있었다. 그런데 일어나서 활동하다 보면 진통이 사라져 집안의 허접스러운 일을 해도 안 아프다. 지금 글을 쓰는 동안 나의 왼손에 찌르는 진통이 줄기가 되어 흐른다. 운동을 하면 좋아지고 극복할까 싶어 무거운 훌라후프를 시작했다. 다리에 힘주고 돌리다 보니 힘이 생기는 거 같아 아침저녁으로 조금씩 했는데 허리 아픈 것은 사라지고 왼쪽 발이 힘이 없던 게 기가 통하듯 힘이 생겨 좋아진 거 같아 내심 즐거워하고 이 병을 극복하리라 생각했는데 아픈 부위가 왼쪽 허벅지로 내려왔다. 누웠다 일어나면 다리가 아파 걸을 수 없어 한참 서서 아픔을 풀어야 걸을 수 있다.

정형외과에서 물리치료 받고 약을 받아먹어도 효과가 없다. 그런데 일상생활하다 보면 통증이 사라져 아픔을 잊어버린다. 뜨거운 찜질을 하면 사라질까 싶어 지금 따뜻한 모래주머니를 하고 있다. 얼른 진통이 가라앉아야 할 텐데… 며칠 전에는 한의원에 가서 침을 맞았다.
또 오라고 해서 오늘도 한의원에 가려 한다.

혹시 병이 깊어 증세가 악화되어 가는 과정은 아닐지?

2023, 4월

숨결

포대기에 싸여 등 뒤에서 따뜻한 기운 나누어주는 아가들의 온기. 이 세상에 일어난 일 무엇인지 아무 것도 몰라. 평안한 숨 쉬며 고운 님 닮은 웃음 안겨 오던 아가가 주는 숨결. 어깨에 스치면 아가가 잠들어 있다는 안도감에 평안한 마음 생겨 푸른 하늘 한 번 쳐다보고 내가 해야 할 일 생각해 보던 순간들.

어려울 적 아버지가 마지막 하직 인사 가족들과 나눌 때 숨소리도 들리지 않는 조용한 방안에 애들의 소리에 아버지 고요한 나라 못 가실까 봐 어린 내가 조카 업고 동생 셋은 걸어서 사당집 앞동산에 올랐다. 막내 동생은 엄마 뱃속에 있어 제일 어린 조카를 업고 아빠 임종 조용히 하시라고 우리 집에서 일어난 일 다 보이는 동산 잔디밭은 조카가 살짝 내민 수국꽃 보고 달라고 칭얼대서 그 집 할머니가 소유하던 꽃을 한가지 꺾어 주었다.

시간이 조금 흐른 후 사월초파일 부처님 오신날 아침, 모든 만물이 숨결 숨죽인 순간, 아버지는 떠나셨다. 울음소리 크게 들려 등에 업은 아이 숨결 잊은 채 엉엉 울었다.

막내 여동생 엄마 젖 먹고 자라던 그 시절에 엄마는 어린 자식들 혼자 책임지고 키우시느라 힘들어하시고 따가운 시선으로 바라보시던 주위 사람들 한마디에 상처받고 몸부림치실 때 어머니는 동생에게 젖을 잘 안 주려고 하던 날이 있었다.

어머니 장에 가신 겨울날, 배고파 손 빨며 보채던 막내동생 등에 업고 집을 나섰다. 집에서 십분 정도 걸어가면 신작로 다리 건너 외딴길에 방앗간을 하는 인심 좋고 젖가슴 풍만한 이서방네 살고 있어 찬바람 맞고 찾아가면 그 아주머니 불편한 기색 없이 반겨 맞아주며 한쪽 가슴 내어주던 분 계셔 동생이 배고파하면 몇 번 찾아가 따뜻한 사랑도 잔뜩 얻어다 배불리 먹고 돌아온 날. 나는 열한 살 꿈이 많은 소녀였다. 밤이면 많은 별빛 삼키고 훗날 나의 꿈은 세상을 밝히는 등불이 되자고 맹세했다.
등 뒤에서 숨 쉬던 어린 아가들의 숨결, 결혼하여 낳은 아들, 두 딸의 숨결. 건강했던 아들과 막내의 힘찬 숨결. 그 숨결이 나를 있게 했다.
아픈 가슴 많아 나의 노년 평탄치 않아 완치시킬 수 없는 파킨슨병이 걸려 어느 날은 머릿속이 이상해져 온몸 신경이 돌지 않는 걸 느끼는 날, 나는 온몸을 떨며 몸을 일으켜 몸을 움직이고 세상이 돌아오길 기다린다. 그리고 나를 있게 한 숨결을 기다린다.
나는 사랑하는 남편, 아들, 손주 다섯, 며느리, 사위들 있어 다복한 나날 보내지만 내 가슴 가장 아프게 하는 큰딸의 숨결이 있다. 어렸을 적에 많이 아파 등에 업고 병원 찾아다녔던 젊은 날, 정열을 쏟아부은 큰딸의 숨결.
밤이면 행복한 집안에서 숨쉬기를 바란다. 어린 나이에 행복했던 지붕 이어주고 웃음 주던 가족들의 숨결. 나를 이만큼 크게 하고 이 자리 지키게 해준 사랑스런 숨결들.

2023. 4. 11. 새벽

기회

매일매일 살아가면서 만나는 사람들. 그리고 인연을 맺어 거래하면서 이득 취하고 공생하고 최후까지 살아가기 위해 노력한다.
지금은 세상이 변하여 공부 안 해도 살아가는 데 큰 지장 없이 살아갈 수 있다. 한 가지 특기 있어 잘하면 되는 세상이다. 나 어렸을 적에 과정의 기회를 놓치면 그걸 메꾸기가 어려웠다. 어디에 원서를 넣고 시험 보려 해도 자격 조건에 학벌이 제한이 있어 아예 엄두도 못 냈고 기회를 얻을 수 없었다.
목소리가 좋아 책을 잘 읽는다 해도 대학을 나오지 않으면 아나운서 시험 볼 기회가 전혀 주어지지 않았다.
중학교 진학하기 위해 초등학생 때 열심히 공부해야 했다. 우리 집에는 어린 동생들이 엄마의 능력으로 자라야 했기 때문에 상급 학교에 진학할 수 없는 형편인데 나는 중학교에 진학하고 싶었다.
어느 날 중학교에 진학하지 않는 애들은 네 시간 후 청소 끝나고 집에 가도 된다는 선생님 말씀이 있은 후 나는 일찍 집에 돌아와 큰소리로 엉엉 울었다. 왜 학교 안 보내주냐고 울면서 큰소리로 슬프게 말했다. 동네 사람들이 하나둘 모여 마루에 걸터앉아 나는 뒤곁으로 가서 큰 소리로 동네 사람들 더 들으라고 울었다. 그리하여 결국 집에서 걸어 다닐 수 있는 학교에 시험 보게 되었다.
기회는 운명이다. 노력은 행운을 잡는 것이다. 소원을 쟁취하기 위해 창피한 줄도 모르고 큰 소리로 울지 않았다면 나는 중학교에 시험 볼 기회도 없었을 텐데… 중학교에 응시하여 1등으로 합격하여 13년 만에 여학생이 처음으로 1등 했다고 명예 얻어 동네에서는 1등짜리란 별명을 얻었고 장학생으로 학교에 갈 수 있었다. 내가 진학한 학교는 지금 교원대학교 소속 자립학교가 된 미로중학교이다.
기회를 잡는다는 것은 쉬운 듯 하지만 어려운 것이다. 순간의 찬스를 놓치면 다 헛일이다. 살아가는데 기회를 포착한다는 것은 행운을 잡는 것이고 그건 쉽사리 얻어지는 게 아니다.
갑자기 생기는 게 아니고 멀고 먼 인연에서 미리 정해져 천천히 시간의 그네를 타고 기쁨의 그 날 맞이할 오래도록 준비되어온 약속의 날이다. 기회는 소중히 맞이하고 대접을 잘 해줘야 할 손님이다.

우린 언제나 기회를 잘 잡아야 한다.

고백

차라리 지금 내가 아니고 과거 어머니 고생하시던 그 전날이었다면 절대로 그런 실수는 안 했을 텐데… 지금 이 순간 과거의 잘못을 고백이라고 뉘우치려 하니 파킨슨병에 걸려 있는 나의 손이 방망이질 한다. 지축을 흔들기라도 하듯 세월 속에 잠들어 있던 걱정의 물결이 손등과 팔에서 나뭇잎이 흔들리듯 쉬지 않고 펄떡이며 괴롭힌다.
아프다. 슬프다. 과거를 고백하는 일은 그동안 말하지 않고 가슴에 묻어 표현하지 않았던 그 순간을 나는 오늘 바보처럼 살아왔던 지난날 고백하려 한다. 어느 누구에게도 도움이 될 수 없는 청춘, 꽃피던 그 시절 해왔던 실수를 고백하고 싶다.
나보다는 우리 큰 딸이 이 글을 읽고 우리 애가 실수하지 않는 삶을 살아가기 위해 고백하려는 것이다.
나와 관계없는 사람들한테는 아무 보탬이 없겠지만 지금도 말은 못하지만 내가 사랑하는 딸에게는 이 고백서를 읽고 나와 같은 이런 실수로 인해 평생 살아가는 데 있어 더 나은 생활 할 수 있는, 더 사서 고생하는 듯한 그런 일들은 하지 말기 바라는 맘에서 고백한다.
어렸을 때 나는 책을 좋아해서 빌려서 집에 가서 밤새 읽었다. 가을날 어머니는 밖에서 밤새 키질하며 잡곡 가르고 있었고 나는 석유불 등잔 아래에서 커다란 우주의 주인공이 될 꿈을 꾸며 책을 읽었다. 힘에 부친 어머니는 가끔 여자가 공부하면 팔자 사납다고 머리채 잡고 때리셨다. 이건 분명 힘에 지친 엄마의 분노였어. 엄마 맘에 안 들게 행동하면 너 학교 안 보내주겠다고 역정 내시고 때리시던 그런 날이 종종 있었다.
지금은 어린 새끼들 키우느라 성을 쌓으시고 그 자리 지켜온 과부의 울부짖음이라는 건 알지만 그때는 엄마를 이해 못해 있는 그대로 이해한 딸이었다.
나 보기가 역겨워 가실 때에는 죽어도 아니 눈물 흘리우리다의 김소월의 시에서 우린 역으로 해석하고 반대의 감정이란 걸 지금 이 나이 되어 이해하지만 난 엄마의 말 한마디를 그대로 이해하고 가슴 속에서 '두고 봐 나 학교 안 가고 혼자 공부할 거야' 역겨운 나의 다짐은 어린 시절 나를 왜곡시켰다.
어머니는 진심으로 청주여고에 진학하고 교대 나와 선생님 되길 바라서 고교원서비라는 큰돈을 주셨는데 그걸 선생님께 드리고 원서를 샀더라면 시험이라도 봤을 텐데 나는 그 돈을 친구에게 주었다. 그 친구가 서울로 진학한다는 말에 나도 그 학교 원서 사달라고 주었다.
교장 선생님은 특별히 불러 고교시험 보면 장학생으로 갈 수 있다고 세 번이나 면담을 해주셨지만, 나에게는 더 속 깊은 뜻이 있었다. 훗날 선생님들 깜짝 놀라게 해드리고 싶어 비밀로 했다.
그러나 그 원서, 졸업할 때까지 친구는 서울에 있는 고교원서를 사다 주지 않았다. 내가 병원에서 일할 무렵에 엄마는 그 친구네 집에 찾아가 원서비 달라고 했더니 서울 가는 차비와 용돈으로 더 많은 돈 들어갔다고 못 준다고 했단다. 엄마는 그 말에 아무도 원망 안 했다.
사람들이 그렇게 공부 잘한 사람이 고등학교 시험 보지 않았냐 하면 엄마 밑에서 공부하는 것이 싫어 탈출하고 싶었다고 말했다.
나의 인생 공부는 계속 시작된다. 나 잘났다고 나 스스로 해보려다 큰코다쳤다고 코웃음 쳐본다. 고생하시는 어머니 마음 한 번도 보듬어 드리지 못하고 엄마가 내 마음 알아주지 않으면 어머니 밑에서 떠나고 싶어 했던 비뚤어진 사고를 가진 소녀였다.
어머님의 고생을 조금만 더 일찍 깨달았다면 이런 일은 없었을 것이다. 정상적인 상급 학교에 진학하여 과정을 착실히 공부했더라면 지금의 나는 어떻게 되어 있을까?
상상해보면 가슴 아프고 어머님께 용서를 빌고 싶다. 나 이 세상 다하는 날까지 내 행동 용서받지 못해 불타는 욕망이 파킨슨병으로 변해버린 꿈이란 걸 알기에 나는 오늘도 이 병을 잘 다스려 가슴으로 꼭 끌어안아야지.
과거의 나를 사랑하고 파킨슨병으로 찾아온 이루어지지 않는 꿈을 꼭 끌어안아 사랑하고 있다. 앞으로 영원히 죽어서도 파킨슨병으로 온 꿈을 사랑했다고 말하리라.

2023. 4. 12.

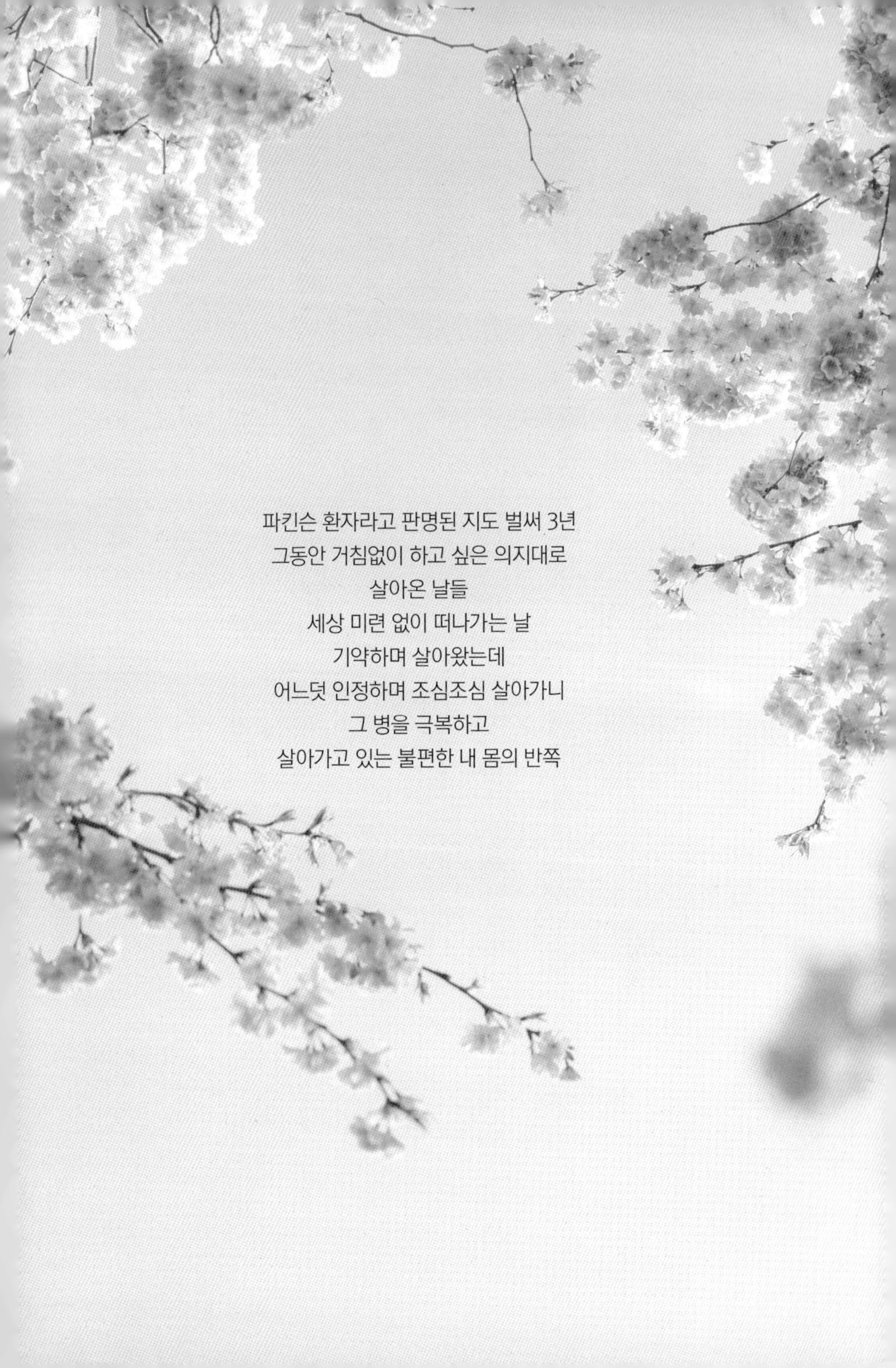

파킨슨 환자라고 판명된 지도 벌써 3년
그동안 거침없이 하고 싶은 의지대로
살아온 날들
세상 미련 없이 떠나가는 날
기약하며 살아왔는데
어느덧 인정하며 조심조심 살아가니
그 병을 극복하고
살아가고 있는 불편한 내 몸의 반쪽